MARCEL PROUST
LES PLAISIRS ET LES JOURS

欢乐与时日

[法国]

马塞尔·普鲁斯特 著

刘森尧 译

译林出版社

图书在版编目（CIP）数据

欢乐与时日 ／（法）马塞尔·普鲁斯特著；刘森尧
译 . — 南京：译林出版社，2023.7
ISBN 978-7-5447-9708-5

Ⅰ.①欢…　Ⅱ.①马…　②刘…　Ⅲ.①文学－作品综
合集－法国－现代　Ⅳ.① I565.15

中国国家版本馆 CIP 数据核字 (2023) 第 075203 号

本书译文由印刻文学生活杂志出版股份有限公司授权。

欢乐与时日　[法国] 马塞尔·普鲁斯特／著　刘森尧／译

责任编辑　唐洋洋
装帧设计　山川制本 workshop
校　　对　梅　娟
责任印制　颜　亮

出版发行　译林出版社
地　　址　南京市湖南路 1 号 A 楼
邮　　箱　yilin@yilin.com
网　　址　www.yilin.com
市场热线　025-86633278
排　　版　南京展望文化发展有限公司
印　　刷　苏州工业园区美柯乐制版印务有限责任公司
开　　本　787 毫米 ×1092 毫米　1/32
印　　张　6.625
插　　页　4
版　　次　2023 年 7 月第 1 版
印　　次　2023 年 7 月第 1 次印刷
书　　号　ISBN 978-7-5447-9708-5
定　　价　45.00 元

目
录

序

本书献给我的朋友威利·希斯，他于一八九三年十月三日逝于巴黎。

> 你已躺在上苍的怀里……
> 告诉我死亡的世界像什么，
> 不要让我感到害怕，最好让我喜欢上它。

古代希腊人会给死去的亲人献上糕点、牛奶和酒，而我们今天的做法，看似虚幻，就算不是更聪明，却可能更文雅，我们给死者献上花和书。我今天给你带来的就是一本有许多图画的书，书中有许多的传奇故事，要是不读文字，看看图画也行，因为许多伟大艺术的爱好者也喜欢这些图画。就是因为这种单纯的特质，这个礼物显得高贵。我们可以这么认为，其中所表现的单纯，如同大仲马所说："它以上帝之名，创造了最美的玫瑰。"诗人罗贝尔·德·孟德斯鸠也曾写诗（未发表）来礼赞这个，这些诗写得充满创意，既优美又充满活力，令人联想到十七世纪，他这样描写花：

> 为您的画笔摆姿态开出花朵，
>
> ……
>
> 您是它们的守护神，您是花朵，
>
> 您让它们死而复生！

他的崇拜者都是一群精英分子，他们在前面看到的这个名字（威利·希斯），他们可能没有机会认识，但我希望他们会喜欢这个人。至于我自己，亲爱的朋友，我和你认识的时间并不长，最初我经常在早上的时候在布洛涅森林看到你，你总是站在树下，休息的样子看起来很像凡·戴克画中的贵族人物，一副优雅沉思的模样。

你的优雅和画中人物很像，这种相似并非来自你们所穿的衣服，而是来自衣服底下的身体，还有内在的灵魂：这是一种道德的优雅。你们还有一点很像，那就是忧郁的气质，你们的优雅更凸显了你们忧郁气质的相似，好比那树荫里叶子最深层的阴暗部分，凡·戴克就常停在类似树荫底下的国王大道上，为他的模特儿画像。你当时离死亡已经不远，和画里的模特儿一样，我们可以在你们的眼神里看到阴暗的预感和准备要离去的温和亮光互相交替着。如果说你那孤绝的傲气直接属于凡·戴克的艺术，事实上绝不仅于此，你那丰富神秘的内在精神层次更高，应该属于达·芬奇。我常常看到你的手指举起，你那谜一般的脸上的眼神和微笑深不可测，而且一语不发，我觉得你看起来就像圣·让-巴蒂斯特·德·莱昂纳尔。我们当时梦想着，甚至已经开始计划，去加入一群精英男女的团体，生活在他们流气的庇荫下，远离愚蠢和邪恶。你的生活，你所想要的生活，就像是需要高度灵感之激发的艺术精品，像信念和才华，那样的生活我们只能在爱里寻得。

如今死亡却要把你带走，带走你的生活，带走你的一切。死亡隐藏着一股强大力量和神秘，以及生命里所没有的"恩典"。像情人要开始恋爱那样，也像诗人要开始下笔那一刻，病人只有在开始生病那一刻才感觉最接近他的灵魂。生命是一团粗糙的东西，如影随形地紧紧逼压着我们，不断戳伤我们的灵魂。当我们和生命的联结一旦解除，会立即感受到一股明亮的温暖，如释重负。

我小时候读《圣经》故事，发现没有一个人物像挪亚的命运那么乖戾悲惨。由于大洪水的关系，他必须关在方舟里四十天。不久之后，我经常生病，经常连续好几天被关在我的"方舟"里，苦不堪言，就像挪亚被关在方舟里一样，看不到方舟以外的世界，过着暗无天日的日子。后来我的病情渐渐好转，我的母亲原来日夜都守在我旁边，这时她就"打开方舟的大门"，出去了，像鸽子一样，"她晚上又回来了"，不久我痊愈了，她又像鸽子一样，"再也不回来了"。我必须重新生活，不必有母亲在旁边，我要随时随地听到比我母亲更严厉的说话声音。还有她旁边的人，原来我生病时都对我很好，现在态度也都跟着改变了。我的母亲告诉我，她们有各自艰难的生活和责任要面对，我不能怪她们。

这只大洪水中温驯的鸽子，眼看着你离开，自己从方舟走出来，带着重见天日的喜悦，在喜悦之余，难道不会因再也见不到你而夹杂着一股浓浓的忧愁吗？

生命的暂时停顿是很温暖的，好像"上帝的暂时停工"，将工作暂停，也借机消除不良的欲望。病痛的"恩典"将我们带往超越死亡之外的现实世界；还有死亡的恩典，我们不必再理会"身上无用的累赘"，不必老是伸手去整理你那"老是合拢不起来的头发"；还有母亲的温柔呵护和朋友的热切关心，我在最虚弱和最忧愁的时候，你们来到我身边，可一旦我的病情好转起来，你们再也不跨过门槛过来了，我会为你们的远离而感到痛苦，你们所有人再也不理会困在方舟里的鸽子了。还有亲爱的威利，他不认识你们，但在这个时刻，他多么想和你们在一起。你们一生所从事的事情，他要在一小时之内全部完成，由于承担不了，最后只好转身面向坟墓——他们称之为死亡，"死亡，专门来帮助那些注定无法自我完成的人"。可是如果说死亡能够为我们解除生命重负，它却不能解除我们自己身上的重负，除非我们自己首先活得有价值。

你比我们任何人都要严肃，但同时也比我们任何人都要稚气，不仅因为你心地纯洁善良，还因为你的心胸开朗乐观。我初中时代的同学夏尔·德·格朗塞伯爵，他有一种本领很令我羡慕，那就是他随时可以把大家逗笑，笑个不停，我们永远不会忘记。

这本书的大多数篇章都是写于我二十三岁的时候，但有几篇写得更早，是在二十岁的时候（比如《奥薇兰特或世俗生活》，或者《意大利喜剧片段》的大部分）。这些几乎都是我骚动不安的生命所激起的无用泡沫，当然现在都已经平静了下来。日后有机会回头看这些东西时，我们的缪斯可能会觉得索然无味而嗤之以鼻，以轻蔑的眼光去凝视，但人们会在这里面看到反映在纸上的微笑和舞蹈。

我把这本书献给你，你是我的朋友里唯一一个不怕批评家的人，我很自信书中没有什么地方的自由语调会惊吓到你，也并未描绘任何棘手人物的不道德心性。我只想一切求好，可能力有未逮，至于坏的方面，我无法身处其中而仍能悠游自在，我只知道如何逆来顺受，忍受痛苦的煎熬。在这本小书里，我只能以真诚的怜悯笔调来呈现我的人物。有一些好朋友，文坛的前辈以及一些爱我的人，他们都分别为我写作本书提供很宝贵的养分，诗或音乐，不一而足。还有伟大哲学家达鲁先生带有激励性质的哲学，我认为他的言论将比任何文学作品更能持久，他的思想对我，对其他许多人，都很有激励作用。我如今通过这本小书传递给你，这是我所能给你的最后的情感保证，是一份永久的纪念；对我们周围每一个还活着的人，不管是伟大的人还是亲密的人，也将会是有价值的永久纪念。

一八九四年七月

西尔瓦尼子爵之死

一

诗人说，在希腊神话里，太阳神阿波罗下凡为阿德墨托斯王子看管羊群。每个人都把自己伪装成天神，同时模仿疯子。

——爱默生

"亚历克西先生，不要哭成那个样子了，西尔瓦尼子爵先生可能会送你一匹马。"

"是一匹大的马，贝波，还是一匹小马？"

"应该是一匹大马，就像卡德尼欧先生那匹一般，但你不能再哭成那样了……你已经十三岁了！"

亚历克西一想到就要得到一匹马，还有自己已经十三岁，便立即破涕为笑。可是此刻他一想到要去见巴尔达萨·西尔万德叔叔，也就是西尔瓦尼子爵，心里就觉得难过。自从那天听到他得了不治绝症以来，亚历克西已经见过他几次，可这些天来事情有了变化，巴尔达萨已经了解了自己的病情，并且知道自己至多只剩三年的时间可以活。亚历克西不能理解的是，巴尔达萨叔叔已经知道自己没剩多少时间可以活在世上，却从没露出忧愁样子，也没发狂，现在要去见他，自己反而感到十分痛苦。亚历克西决定跟他谈谈他的下一步人生目标，虽然知道这无法安慰叔叔，也解除不了他内心的忧愁。在所有亲戚里，亚历克西最喜欢这位叔叔，他长得高大英俊，年轻活泼，人又和善。亚历克西喜欢他那灰色的眼睛，金黄色的小胡子，还有那坚硬有力的膝盖，小时候最喜欢依偎在他膝盖旁而觉得舒适安全，可是另一方面又觉得那里像个堡垒而不可亲近，比一座庙宇更难接近，但还是喜欢坐在那上面，像骑木马那么有趣。亚历克西的父亲对他期望很高，因此也就特别严厉，父亲希望他将来能够像有教养的妇女那样彬彬有礼，或像国王那样肃穆威严，最好能够向巴尔达萨叔叔看齐，在他身上学习一个男人该有的高贵气质。叔叔长得很帅，有人说亚历克西跟他长得很像，但叔叔除了帅之外，也很聪明，而且人又慷慨大方，很有主教或将军的架势。当然，亚历克西的父母曾提醒他，西尔瓦尼子爵也是有缺点的。亚历克西记得有一次，帕尔玛公爵跟子爵提亲，说他妹妹想嫁给子爵（子爵内心其实是很高兴的，表哥让·加利亚却在一旁开玩笑揶揄他，为了掩盖自己的虚荣心，他就装出很生气的样子，甚至咬牙切齿暴怒起来，于是亚历克西看到了叔叔很不讨人喜欢的一面），公爵还提到，卢克雷蒂娅曾公开宣称不喜欢他的音乐，于是他更加生气了。

亚历克西的父母也曾经多次跟他暗示西尔瓦尼子爵有许多令人不悦的行为，尽管他们对此多加批评，亚历克西当时还是不太会去理会。

不管巴尔达萨叔叔曾经有过什么样的缺点，如今都已经不重要了，因为他在世的时日已经不多了。当他获悉自己可能只剩两三年可活的时候，以前让·加利亚对他的揶揄，帕尔玛公爵对他的器重，还有他的音乐饱受批评，这些对他来说都已经没什么意义了。然而亚历克西觉得叔叔还是和以前一样帅，只是变得更严肃和更不爱理人而已，是的，更严肃和更孤立。他此刻心中除了绝望之外，还交杂着忧虑和恐惧。

所有的马都已经赶回马厩安顿好了，他可以离开了；他上了车却又下来，他突然想到还有一件事情想问他的家庭教师，正要问的时候，他的脸却突然红了起来：

"勒格朗先生，您觉得让叔叔知道我知道他快死了，是好还是不好？"

"没这个必要，亚历克西。"

"可是如果由他自己跟我讲呢？"

"他不会跟你讲。"

"他不会跟我讲？"亚历克西说，感到有些意外，他觉得叔叔应该会跟他讲，因为每次去他家时，他都会跟他讲一位神父视死如归的故事。

"可是，要是他还是跟我讲呢？"

"只能说，他搞错了。"

"要是我哭了呢？"

"你今天上午已经哭很多了，等一下到他家不要再哭了。"

"我绝不再哭了！"亚历克西绝望地叫道，"他知道我不会难过的，我也不喜欢这个样子……唉，可怜的叔叔！"

他开始号啕大哭，母亲已经等得很不耐烦，过来把他带走，一起离开了。

亚历克西和母亲一起走进叔叔家大门之后，一位穿制服的仆役过来接过亚历克西的外套，他们在前厅站了一下，倾听从隔壁房间传来的小提琴乐声，然后仆役带领他们进入一间很大的圆形房间，四周都是玻璃窗，这是子爵平常活动的地方。他们一进门，就透过正面的玻璃窗看到一片大海，往旁边看是一片草坪和牧场，还有树林。房间尽头有两只猫，一些玫瑰花和罂粟花，还有许多乐器，他们等着。

亚历克西突然往母亲身上靠过去，母亲以为他要亲她，结果不是，他把嘴巴贴近她的耳朵，轻声问道：

"叔叔今年几岁？"

"到今年六月就三十六岁。"

他很想问："你认为他会活过三十六岁吗？"但是他不敢。

这时一扇门打开，进来一位仆役，亚历克西感到有些害怕，仆役说道：

"子爵先生马上就来。"

不一会儿，刚才那位仆役带进来两只孔雀和一只山羊，那是子爵的宠物，他走到哪里它们就跟到哪里。紧跟着又听到脚步声，门又开了。

"一定又是仆人，"亚历克西自言自语，他每次一听到声响，一颗心就忍不住怦怦跳个不停，"不会错，一定又是仆人。"

但他随即又听到一个很温柔的声音：

"日安，我的小亚历克西，但愿你有一个美丽的假日！"

他发现叔叔正紧紧抱着他，这让他感到有些害怕，叔叔似乎也察觉到了他的不安，就立刻松手去和他的母亲寒暄。亚历克西的母亲，也就是子爵的嫂子，在子爵母亲死后，成了他在这个世界上最亲的人。

稍后亚历克西恢复镇定之后，发现眼前这位叔叔还是和往常一样帅气迷人，在这悲剧性的时刻，他并未变得苍白退缩，还是一样活泼可爱。他好想扑过去用双手圈住他的脖子好好亲他，但是他不敢，生怕这一猛烈举动会伤了他的元气，毕竟他现在重症在身。子爵那忧郁哀伤的眼神让他直想掉眼泪，其实他在健康的时候也是这样的眼神，现在的眼神不一样的地方是，好像在责备大家对他流露出同情的目光，他觉得自己很好，不需要任何同情。不管怎样，他的忧伤还是藏在眼睛里面，不会从嘴巴流露出来，但毕竟还是存在的，甚至藏在全身各处，与那逐渐凹陷的脸颊共处。

"我知道你喜欢乘坐两匹马一起驾驭的马车，我的小亚历克西，"巴尔达萨子爵说道，"明天他们会带给你一匹马，明年我会再给你一匹来配对，到后年你就能拥有你所期待的双马马车了。今年你就先骑他们明天带给你的那匹，等我这次外出回来，再来好好驯服它。我明天要离开这里一阵，"他继续说道，"不会很久，顶多一个月，等我回来之后再带你去看早场的戏，这是我曾经答应你的。"

亚历克西知道叔叔要去一位朋友那里住几个星期，也知道他们准许他去戏院看戏，只是没想到一个就快要死的人，竟然还能够用那么若无其事的轻松口吻谈这些事情，他感到有些诧异。在去叔叔家之前，他一直被叔叔将不久于人世的念头搅得心神不宁，如今见到他好像没什么事情要发生的样子，的确感到既震惊又疑惑。

"我不会跟着去看戏，"他自言自语道，"我现在仿佛已经听到演员们在戏院里插科打诨和胡诌所引起的观众爆笑声！"

"我们刚才进来时听到的那么好听的小提琴乐声，那是什么音乐啊？"亚历克西的母亲问道。

"啊，您觉得好听？"巴尔达萨很高兴地说道，"那是一首浪漫曲，我以前跟您提过。"

"他还真会演戏哩，"亚历克西自言自语道，"音乐演奏得好还不能让他满足？"

就在这时候，子爵突然露出很痛苦的样子，双颊变得十分苍白，双唇紧闭，眉头深锁，眼里充满了泪水。

"老天！"亚历克西内心暗叫着，"他故作坚强，表演得太过了，可怜的叔叔！何必在我们面前故意装成若无其事，自我折磨呢？"

还好，这倒好像钢铁般的坚硬束带突然束紧时，在身体上所造成的突然剧痛一下子就消失了，不痛了。

他揉一下眼睛之后，又开始了谈笑风生。

"这阵子帕尔玛公爵似乎没像以前那样对你那么好了？"亚历克西的母亲面带尴尬地问道。

"帕尔玛公爵！"巴尔达萨大声叫道，"帕尔玛公爵没像以前那样对我那么好了？您怎么会这样想，亲爱的嫂子？今早他还写来一封信，说打算把伊力瑞的城堡借给我住，如果山上的空气对我有益的话。"

他说着猛然起身，却又突然想到自己身上的病痛，就把动作放慢下来，然后对一位仆役说道：

"麻烦把我床旁的那封信拿过来给我。"

他大声念道：

> 亲爱的巴尔达萨
>
> 久未见面，烦甚……等等，等等。

随着仆役把信念完，公爵对他的关心和诚挚的善意流露出来，巴尔达萨的脸色变得柔和起来，显得容光焕发。可是突然之间，也许是为了掩饰心中他认为不当的喜悦，他竟咬紧牙齿，露出一个有趣而粗俗的鬼脸。亚历克西心里很清楚，叔叔在平静面对死亡的过程当中，是不允许自己这样做的。

像巴尔达萨这时候咬紧牙齿装鬼脸的动作，在亚历克西看来，肯定不是一个濒临死亡的人会有的行为，一般世俗的人也许会装出英雄式的勉强微笑，假装摆出温和或是大无畏姿态，但绝不可能像叔叔这样随性，简直就是无视死亡的存在。亚历克西现在相信，让·加利亚以前常常揶揄嘲笑他叔叔，现在应该无话可说了，甚至不会像以前一样对他感到气愤，因为叔叔已经濒临死亡边缘了，还能够若无其事一般大大方方去戏院看戏，即使人都快死了，还是不会忘记世俗的乐趣。

刚才在走进叔叔家里时，亚历克西同时想到自己有一天也会死去，因而感到震惊，也许自己会比叔叔活得更久更长，可是叔叔旁边那些人，像他的老园丁，还有他的表姐阿莱里奥夫尔女公爵，能再活的时间也很有限了，可是他们仍然活得很起劲，无视死之将至。像老园丁洛可，已经退休而且身上也已很有钱了，他还是继续努力工作想赚更多的钱，甚至还在期盼他栽培的玫瑰花能参加比赛得奖。至于女伯爵，已经七十岁了，老是一天到晚不厌其烦忙着染头发，还不时花钱请人在报纸上写文章称颂她的年轻活跃，描写她在许多宴会上如何精力充沛优雅大方，周旋在许多客人之间，行动敏捷，神采奕奕。

这些例子并未降低他叔叔的态度在他身上所造成的惊异感，可却引发他另一层面的联想，那就是，他毫无例外也是一样，在一步一步迈向死亡，一方面注视生命，另一方面也不得不孤独地走向死亡的命运。

他不想学习这些令人惊异的脱离常规的行径，他要学习课堂上老师教导他们的古代圣贤先哲的光荣事迹，他要带着几个亲密的好朋友或家人，退隐到沙漠之中，借此终老和接受死亡的命运。

值得庆幸的是，他还很年轻，来日方长，他比他们对生命的嘲弄更加有力，何况他尚未饮尽那温和而丰盛的生命乳汁，他将破除一切障碍。他此后将愉悦地大口饮用他的生命乳汁，同时认真倾听一切生命的不满，宏伟有力地排除一切障碍。

二

肉体是忧伤的，哎呀……

——斯特凡·马拉美

就在亚历克西和他母亲来访之后的第二天，西尔瓦尼子爵前往附近的城堡，他将在那里度过三四个星期，到时会有许多客人来访。自从他的生命危机出现之后，他常常感到忧伤难过，客人的到访刚好有助于排解他心中的郁闷。

不久之后，一位女子的出现让子爵立即恢复了往常固有的生活乐趣，由于有她的陪伴，他的生活乐趣更是翻倍了。他可以感觉得到这位女子很喜欢和他在一起，他知道这是一个很纯洁善良的女孩，因此和她保持着距离。她此刻正在热烈企盼她的丈夫来和她相聚，因此他现在拿不定主意要不要去爱她，心中有着些许的罪恶感。他想不起来是否曾经对她有过什么不当的行为，他只记得亲过她的手腕并用手臂环绕过她的脖子。有一天晚上，他进一步抱她并用手爱抚她，还亲她的脸颊、鼻子和眼睛，还有脖子，最后亲她的嘴巴，这让她感到高兴快乐。早在巴尔达萨开始爱抚她之前，她的嘴巴就已露出微微笑意，眼睛像温馨的阳光那样闪烁着，可是不知何故，巴尔达萨的手在爱抚她到一半时却突然变得僵硬起来，他瞪着她看，有些吃惊，因为她的脸色变得很苍白，额头像死人一般毫无色泽，而且，眼睛里还噙着泪水，眼神混杂着忧伤和痛苦，犹如被钉上十字架或失去了亲人一般。他注视了她好一会儿，发现她正抬起头用温柔的眼神望着他，嘴巴不自觉地微微张开，她在期待他继续吻她。

他们重新沉浸在接吻和爱抚的愉悦以及弥漫在四周的芳香之中，他们紧闭双眼，紧紧抱着，却都可以在那紧闭的双眼深处感受到灵魂的沮丧不安，此时巴尔达萨把眼睛闭得更紧，不愿意去想灵魂深处的痛苦，好比一个刽子手在砍过犯人之后，在感到懊恼难过，在想到刚刚下手之时双手的颤抖时，忍不住深深紧闭双眼，不愿意去回想刚刚那残酷的一幕。巴尔达萨现在的感觉正是如此，他面对面正眼看着她，却可以感受到她内在的痛苦。

夜幕降临，她仍待在他的房间，两眼无神，不再掉眼泪。她这时起身离开房间，不发一语，只是忧郁而深情地吻了一下他的手。

他一夜无法入睡，有时就快要睡着时，一想到她那温柔绝望的眼神，就又醒了过来，他想着她此时不知怎样了，越想越是无法睡着，他感到很孤单。想着想着他就下床穿上衣服，轻轻走到她的房间门口，把脚步放得很轻，生怕她已睡着，把她吵醒了，走到门口后却又不敢进去，怕会无法忍受压力而窒息，死在那里。他站在这个年轻女孩的门口，一动不动，他觉得再也无法忍受，有一股冲动想要进去，可是回头一想，她正在睡觉，他想象她那温柔的呼吸气息，也许充满了懊悔和绝望，如今突然发现他的入侵，不知会有何反应。他就停留在门口，有时坐着，有时跪着，有时干脆躺下来，直到早上天亮了，他径自回到自己的房间，感觉既寒冷又安静，上床之后一觉睡了很久，醒来时感觉非常惬意。

他们心照不宣，也觉得无愧良心，懊悔的感觉逐渐消失，愉悦的感觉也慢慢变淡，当他回到家里时，他和她一样，只留下温和美好的记忆，至于那些热情如火的时刻，也跟着逐渐冷却了下来，慢慢被淡忘了。

三

他年轻气盛，发出了许多杂音，自己却没听到。

——塞维尼夫人

亚历克西就在自己十四岁那天，再度前去探望巴尔达萨叔叔，这次并未如他所预期的像去年那样，引发那么大的情绪反应。叔叔为他所安排的密集骑马课程，不但使他变得更强壮，也消除了他的神经紧张，为他塑造出年轻力壮的健康体魄，给他带来某种身强体健的满足和喜悦。他骑着马迎风奔驰，胸前的衣物鼓起来像一团膨胀的薄纱，整个身体像冬天的火把那样熊熊发热。马奔跑着扬起一团新落的叶子，在他四周围飞扬着。然后一回来洗个冷水澡，精神更加焕发，完全消除了疲劳，一下子又恢复了年轻旺盛的生命力，巴尔达萨叔叔为他感到骄傲，他自己也颇能享受年轻生命所带来的愉悦。当然，年轻和意气风发有一天还是会离他而去。

没有一样事情比叔叔一天一天衰弱，一天比一天更靠近死亡，更令他感到气馁了，可是他身上血管畅通欢愉的流动和脑中无阻碍的欲念，却让他听不到叔叔病痛的呼号。亚历克西现在显然已达到身体健康的最佳状态，以及身体和灵魂的最佳平衡状态，叔叔的身体却越来越消瘦，然后也许有一天他自己身体的美好状态也会消失，说不定叔叔的病况会逐渐好起来。他现在已经习惯于叔叔患重病以及将不久于人世的事实，即使叔叔现在还活着，他却早已把他当作已经不在人世，已经为他哭过了好几回，甚至已经开始慢慢淡忘他了。

那天叔叔对他这样说："我的小亚历克西，我把马车和要给你的第二匹马现在一起给你。"他知道叔叔心里一定这样想："如果马车现在不给，怕以后没机会给了。"这实在是一个极度哀伤的想法，可他现在倒是不太感觉得出来，因为在他最深层的内在里面，事实上似乎再也容纳不下这类深层的哀伤了。

几天后，他读到一篇报道，描写一个垂死之人向来钟爱一位凶恶罪犯，但这位垂死之人对他的温情和挚爱却感动不了罪犯，亚历克西对此感到无比讶异。

夜晚来临，他久久无法入睡，他感觉自己犹如这个凶恶罪犯，感到十分害怕而无法入眠。第二天，他骑马漫步，感到非常愉悦，一切进行顺利，也感觉自己对父母的爱更加深入，因为他们还活着，他觉得无忧无虑，到了晚上，他能够心无纷扰地入睡。

然而，西尔瓦尼子爵开始感到行动不便，无法走路，就几乎再也不走出城堡一步，他的亲戚和朋友过来整天陪他，他开始向他们透露他过去不可宽恕的愚蠢行径，荒唐无度的花费，同时在他们面前暴露反常行为，或是令人感到惊异的缺点。亲戚朋友们对此视若无睹，不加理会或就当作他在开玩笑，他们一致缄默以对，他不必对他的行为或所说的话负任何责任；他们特别不想用温和的手腕去安抚他，一想到他将不久于人世，对他生命中最后的装疯卖傻，只有置之不理。

他常常一个人不停地睡，而且还睡得很甜，以至于他变成在自己的宴会中没被邀请的来宾。他常常拖着自己羸弱的身体来到窗旁，手肘靠着窗，望向远方大海，露出一副既愉悦又哀伤忧郁的样子。他脑中充满着许许多多这个世界的意象，现在慢慢在变淡了，变得美丽又模糊。许久以来，他一直在构思自己死去的场景，而且还不断在修改，充满着浓烈的忧郁气息，好像在创作艺术那般。他想象自己在跟奥莉薇安娜女公爵告别，她是他最要好的柏拉图式女友，他在她的沙龙里出入自如，受欢迎的程度远远超过一些常来的声名卓著的艺术家和思想家，还有来自欧洲各地的王公贵族。他想起不久前才对着她朗读一段小品文章：

　　……夕阳西下，透过一片苹果园望去，海面呈现一片淡紫色，轻如花冠上凋谢的褪色花朵，蓝色和玫瑰色相间的小小云朵漂浮在远方海平面上。一排白杨树在阴暗里摇曳，显得忧郁哀伤，在微弱夕阳的照射下泛出一片淡淡的玫瑰红，最后几棵的树枝钩住栏杆，在微光中晃动着。微风混杂着海水、湿透的树叶和牛奶等三种味道徐徐吹来。西尔瓦尼子爵所居住的乡村风景，从未像今晚这样，显得既忧郁又令人感到愉悦。"

"我一向都很爱您，可是好像从来没给过您什么，我可怜的朋友。"女公爵对他说。

"您说什么，奥莉薇安娜？您没给过我什么？您给我的，已经比我期待的多很多了，我还经常为此铭感五内，感激不尽，在我眼中，您就像圣母马利亚，也像个温柔体贴的保姆，不断给予我温暖的慰藉。我诚心诚意爱您，我们之间的情谊是无可比拟的，一杯热茶，一块饼干，一场顺畅无碍的愉快谈话，那就是一切了。您该知道，您那双美丽而充满母性的双手曾经抹去我额头的发烧，也曾在我干瘪的双唇注入多少蜜汁，在我生命中塑造出多么高贵的意象。"

"亲爱的朋友，让我亲吻您的双手吧……"

他也想到意大利西西里岛的皮娅小公主，她现在似乎已经不太关心他了，但他还是全心全意爱着她。可她最近却疯狂爱上卡斯特鲁乔，不仅让他醋意大发，更令他感受到人世变幻莫测，不可捉摸。他真想忘掉这一切。不过是前一阵子而已，他还和她一起过节日，两个人手牵手一起在街上漫步，他想向他的对手示威，让对方知难而退，没想到小公主一双眼睛根本不在他身上，就是心不在焉，根本不把他当一回事。要不是重病在身，他真想当场发作。现在，他是完全无计可施了，他的双腿早已不听使唤，连走路都成问题，根本就不可能出去了。不过她还是会常来看他，她每次来看他，和他讲话时总是轻声细语，一副温柔体贴的样子，他怀疑其中必有阴谋，因为这违反她过去的暴烈习性，不过他还是感到安慰，觉得心里平静了一些。

一天，他从座椅上站起来走向餐桌，竟然可以走得四平八稳，他的仆人们都感到很惊讶，这时他的医生刚好来到门口，正准备要进来。第二天，他走得更加地平稳，一个星期之后，医生允许他走出家门了，来陪他的亲戚和朋友都抱以莫大的希望，好像看到了一丝曙光。医生的解释是，他身上不期然出现一种神经系统的抗体，影响到他原来的瘫痪性疾病，甚至将它整个消灭，现在这个要命的病原差不多慢慢在消失了。医生把这个状况告诉巴尔达萨，并肯定地跟他说：

"您得救了！"

当初获悉自己将不久于人世时，心里竟萌生一种仿佛得到恩宠的喜悦，觉得很感动。在经过一些时日之后，这种感觉不断增长，反而变成一种尖锐的忧虑，经过高峰之后，竟慢慢成为一种惯性，不再有什么特别的喜悦了。在生命无常的荫庇下，他处在这种不断往前推动的力量之中，有某种力道和思维作后盾，不断增长想死的欲望。他未曾料到，他甚至微微感到一阵恐惧，如果现在不死，还真不知道以后要怎么继续活下去，他不知道如何重新恢复以前的旧习惯，以及如何面对那些围绕在他身旁不断给予他慰藉的人。另一方面他也感到困惑，那就是他早已适应他将不久于人世的事实，他所想和所做的一切都是以死亡为出发点，他甚至为此感到愉悦，如今要忘掉这些是有些困难了。他想到有一次还和一位和善的陌生人在海边愉快地聊天，一聊就是几个钟头。他望着远方海上漂浮的小船，和陌生人谈了许多自己的事情。他现在的感觉就好比一个年轻人从小离开家乡之后，突然回到他出生的地方，会觉得无法适应一样。他现在从已经适应得很好的死亡的异乡回来，竟对死亡产生了一种眷恋之情，他原以为那会是他永恒的放逐之地，现在却不得不离开了。

他出来表示他的病好了，让·加利亚知道他的病痊愈了，就大肆抨击他，并和以前一样，不断揶揄嘲弄他。他的嫂子，两个月来每天早晚都会来看他，如今已经两天没来了，真不知道是怎么了。许久以来他早已卸去生命的重负而活得轻松自如，如今他可不愿意再回去过那样必须承担重负的日子，那样的生活对他已不再有什么魅力可言。然而随着他身上的力量慢慢恢复，想再生活的欲望竟跟着萌生出来，他又开始外出，再度活动了起来，他期待第二度的死亡再度濒临。一个月之后，原先造成他身体瘫痪的重症又再度复发了，他又慢慢变得和以前一样，没办法自由自在地走路了，病情进展得很慢，让他可以再次慢慢适应死亡和品味死亡，这次他不仅可以再度感受生命逐渐脱离的感觉，甚至可以在一旁好好注视着它如何在现实世界中慢慢消逝，好像注视一幅画那样。现在他心中甚至充满着一种虚荣的感觉，带着愠怒，燃烧着懊恼和悔恨，懊恼自己从未去好好品味那种就要死去的乐趣。

他一直很敬爱他的嫂子，这次病情复发，她每天带着亚历克西来看他好几回，让他在这接近生命终结的时刻里感到非常安慰。

一天下午，嫂子照例前来看他，就在快要抵达他家门之时，不知何故，她坐的马车的马突然发狂，把她从马车上摔了下来，一位骑士刚好经过，把她救起并立即送往巴尔达萨家里，然后就溜走了，嫂子的头盖骨裂开了，昏迷过去，不省人事。

马车夫没受伤，立刻跟子爵报告这桩意外，子爵一听，脸色一阵惨白，紧咬牙齿，不停厉声斥骂马车夫。大家看得出来，他似乎在用这种情绪的爆发掩饰他心中的难过和惊惶。隔了一会儿，等气消了之后，他突然跌坐在一把椅子上，号啕大哭起来。

等哭了一阵之后，他吩咐仆人弄一盆水过来，他要洗一下脸，免得等一下让嫂子看到他难过狼狈的样子。仆人告诉他嫂子刚刚昏迷了过去，此刻尚未苏醒过来。整整两天两夜，子爵不眠不休守在嫂子的身边，他很担心嫂子随时会死去，第二天晚上，医生还为她做了一个紧急手术，隔天早上烧就退了下来，人也清醒了，并露出笑容瞪着子爵看，子爵忍不住掉下了喜悦的眼泪。当死亡一步一步向他进逼之时，他可以义无反顾地去面对，现在，当他沉浸在他最亲的人的死亡当中，他反而受到了惊吓，这时，他屈服了。

他感到坚强而自由，他深深感觉到他自己的生命并没有比嫂子的更珍贵，他现在终于可以在嫂子身上感受到先前别人对他流露出的怜悯。他现在可以再度正视死亡而无所畏惧，他不要围绕在他身旁的那些怜悯。他要保持这种姿态直到最后一刻，他们说要给他弄一个美轮美奂的临终场面，他才不要这类无意义的装饰，他早就在他们面前抹除掉生命的神秘性了，他要在最后的时刻更强调抹除这层神秘性的要求。

四

明天，明天，又明天，

一天一天迈着碎步前进，

直到命定时间的最后一刻；

我们昨日所有的一切都为愚者照耀着

通往寂灭死亡的道路。灭了吧，灭了吧，短暂的烛火！

人生只是像个晃动的影子，像一个可怜的演员，

在舞台上昂首阔步出演他的角色，

然后无声无息退下。这是一则由白痴

所讲的故事，充满声音与愤怒，

毫无意义。

　　　　　　　　——莎士比亚《麦克白》

　　就在嫂子受伤卧病期间，巴尔达萨的情绪和疲惫让他的病情急速恶化。据听告解的神父所言，他大概再活不过一个月了，这时是上午十点钟，他一听忍不住泪眼婆娑。这时一辆马车停在他城堡门口，下来的人是奥莉薇安娜女公爵，他曾设想要把自己死亡的场面装饰得和谐宜人一点。

　　"……那将是一个天气晴朗的夜晚，太阳已经下山，透过苹果园望去，海面上一片平静，轻如花冠上褪了色泽的花朵，像淡淡哀愁那般挺立着。蓝色和玫瑰色相间的小小云朵飘浮在远方海平面上……"这时是上午十点钟，奥莉薇安娜女公爵抵达时，天空悬得很低，四周一团乌黑，正下着滂沱大雨。他实在是虚弱到无法起身，他对一切事物的兴趣早就荡然无存，以前他感觉是生命里的恩宠和荣耀，或是充满魅力的东西，如今看来都已变得索然无味。他吩咐仆人跟女公爵说他太虚弱了，无法见她，但女公爵坚持要见他，他还是不想接待她。他知道他们之间的感情淡了，没必要非得如此不可：她对他已经不具任何意义了。死亡迫不及待地扯断了他们之间的亲密关系，几星期以来他早就知道，他对她的臣服关系将要终结了，他尝试着要去好好想她，可是在他内心最深处，他实在再也看不出她身上有什么值得怀念之处，他的想象和虚荣终于可以结束了。

然而，就在他死前大约一个星期，他听到消息说皮娅小公主将和卡斯特鲁乔一起参加波西米亚公爵夫人的舞会，一起跳沙龙舞，他一听到这消息，不仅妒火中烧，还相当愤怒。他吩咐人去把皮娅带来这里，可是嫂子不太同意这样做，他认为他们就是不想让他见她最后一面，简直就是在迫害他，他愤怒到了极点，大家不想再折磨他，便立即去找到皮娅并把她带过来。

当她抵达之后，他显得极为冷静，并露出极深的忧伤样子，他立刻把她叫到床旁来，什么都不说，一开口就提及波西米亚女公爵家舞会的事情，他对她说：

"我们不是亲戚，你没必要为我戴孝，但你现在必须在我面前起誓，不要去参加那个舞会，答应我绝对不去。"

他们互相对望着，在对方眼里看到痛苦哀伤的灵魂，死亡却把他们隔开了，他感受到了她的踌躇不决，他的嘴唇微微颤动着，他说：

"喔，您不必现在就答应，对一个濒死的人当然不能随便许诺，要是您现在拿不定主意，就不必勉为其难。"

"我现在是无法答应你，我已经两个月没见到他了，也许以后永远再也见不到他了，因此如果这次舞会不去的话，我是永远无法原谅我自己了。"

"既然您那么爱他，这样做当然是对的，人都会死……您现在活得很好……但您要稍微为我设想一下，在您想到参加舞会之前，是否应该先想到来陪我，让我们的灵魂再度交流一番，一起回忆我们曾经有过的快乐时光，稍微想想我。"

"我不敢贸然答应您，这次的舞会极难得，时间也很短促，我能和他相聚的机会很少，我不能轻易放弃。舞会过后，我会每天抽出一点时间来陪您。"

"不可能，您会把我整个忘掉，您要忘掉我可以，等一年以后吧，哎呀！您会想到我，像是对我的一种施舍！我知道再也见不到您，没机会了……也许只能在灵魂深处相会，我的灵魂会一直敞开着，让您进来和我交融，可那要等多久啊！十一月的雨季会让我坟前的花朵腐烂，六月又太热，会让花朵烧焦，我的灵魂会无法忍受这些而哭泣起来。啊！我期待有一天，比如我的忌日，您会想到对我的记忆，好好想起我来，我多么期待您会这样做。好好想着死者，然而，哎呀，我还真期待您会想到死亡和生命的炙热，那是我们的眼泪，我们的欢乐，以及我们的双唇未曾做到的。"

五

一颗高贵的心破碎了。

晚安，可亲的王子，一群天使正在唱着歌哄你入睡。

——莎士比亚《哈姆雷特》

这时高烧伴随着谵语出现在子爵身上，大家把圆形大房间里的床调高，让他躺得舒服一些。亚历克西十三岁时曾和母亲来这里会见过子爵，那时子爵还很神清气爽，从这里可以望见外面的大海，港边的堤岸，还有另一边的草坪和牧场，以及树林。过去几个星期以来，子爵有时想尝试说话，但他的嘴巴却不受思想的指挥，讲出来的话经常不知所云。有时他会对看不见的某个人不停谩骂，因为对方嘲弄揶揄他，他不断反复讲他是本世纪第一名音乐家，也是当代最伟大的歌唱家；然后他突然停下来，要求马车夫带他去马厩，把马鞍弄好，他准备去打猎；紧接着又要求马车夫帮他准备信纸，他要写信给欧洲各国君主，邀请他们来参加他和帕尔玛公爵妹妹的结婚晚宴；然后他拿起床旁一把裁纸刀，当作手枪瞄准自己作自杀状。他会派信使去打探昨晚被他狠揍的警察是否死了，然后作状抓住一个人的手，笑着对他说一些猥亵的言语。人们称之为毁灭天使的意志和思想，再也无力在黑暗中召唤恶劣情绪和模糊记忆回来。三天后的凌晨五点左右，他被噩梦惊醒，他依稀记得梦中情景，他问旁边的人他睡觉做梦时，他的朋友或亲戚是否有来梦中参加他所举办的那场既久远又糟糕的宴会，又问他刚才是否说了许多梦话，要求赶快把他们赶出去，等他回神了再让他们进来。

　　他睁开眼睛，在房间里四处张望，他微笑着瞪着房间的那只黑猫，它正爬上一个中国花瓶，用鼻子嗅一嗅花瓶里的菊花，动作很像一个滑稽剧演员。他要所有人都出去，只留下神父和医生两个人，他不停地和神父交谈，却不肯告解，他问医生圣餐饼是否对胃肠有害。一个钟头之后，他要求他嫂子及让·加利亚进来，他说：

"我要走了，就要死了，就要来到天主面前，我觉得很快乐。"

房间里显得很温和，他们把面对大海的窗子打开，但是有一股强劲的风从另一头吹进来，他们就把面对牧场和树林的窗子关上。

巴尔达萨要求把他的床拉到开着的窗子旁边，远处堤岸上有几个水手正在用绳子把一艘船拉进水里。一个看起来很俊美的十五岁左右的少年水手正站在岸边，身体往前倾斜；每次海浪一打上来，感觉他就会掉到水里，但他没有，他站得稳稳的。原来他手里抓着渔网正在捞鱼，嘴里还叼着一根烟斗。这时一阵微风吹进房间，轻拂着巴尔达萨的脸颊，还吹起桌上一张白纸。巴尔达萨把脸从海面上转开，他不想继续看着这幅赏心悦目的美景，他一直很喜欢这幅美景，可惜以后再也看不到了。这时他望向近处的海港：一艘三桅的船只正要起航。

"这艘船正要驶向印度。"让·加利亚说道。

巴尔达萨看不清楚站在桥上挥着手帕的人们的表情，但他可以听到他们此刻的叫声，以及想象他们泛红的眼眶。船只慢慢往西边移动，往阴暗的海面慢慢驶去。海面上弥漫着一层金色薄雾，薄雾和云朵以及海面上一些小船交织在一起，好像对着船上的旅客发出模糊的、绵延不绝的低吟。

巴尔达萨要求关上他这里的窗子，然后打开面向牧场和树林那边的窗子，他望着那片草坪，还可以隐约听到三桅船只上面的旅客对岸上人们发出的道别声，同时还可以看到岸边那位正在撒网捕鱼的少年水手，嘴里仍然咬着烟斗。

巴尔达萨的一只手一直动个不停，他突然听到几声深沉细微而清脆的响声，好像是心脏跳动的声音，仔细听原来是远方村里传来敲钟的声音，这些声音穿透晚间清澈的空气，飘过平原和溪流，抵达他那灵敏的耳朵。这时，他可以深深感觉到他心脏的跳动声和远处村里传来的钟声紧紧交织在一起，温暖而柔和。他最喜欢在入夜时分听到远处村里透过清澈空气传来的钟声，他回想小时候每当从外面回到家时总会听到这样的钟声，心中感觉无比欢愉。

这时医生走到众人之间，说道：

"一切结束了！"

巴尔达萨闭着眼睛休息，他的心还在听着远方的钟声，他的耳朵已经被邻近的死神弄到瘫痪，什么都听不到了。他仿佛又看见母亲，他每次从外面回来时，母亲总是抱他和吻他，晚上睡觉时，母亲总是用双手搓他的脚，他睡不着时，她总是在一旁陪着他，直到他睡着。他想起了他的《鲁滨逊漂流记》，还有每个晚上在花园里听妹妹唱歌，他的家庭教师曾说他很有音乐天分，有一天一定会成为伟大的音乐家。他知道母亲对他有很高的期待，可就是从不表示出来，如今没有机会了，母亲和妹妹对他的期待他始终未曾实现，他为曾经错待妹妹而觉得难过。他仿佛又见到花园里那棵大树，他就在那里举办订婚仪式，可隔了不久婚约竟取消了，只有母亲不断安慰他。他想到他怎样亲他的老女仆，还有开始学小提琴那一天。所有这些往事一幕一幕不断再度涌现在他脑海里，他仿佛从温和而哀伤的遥远亮光中重新看到了这一切，好像凭窗往外面田野望去却又什么都看不到。

他仿佛又看到了这一切，但医生靠过去听一下他的心跳，才不过两秒钟光景，就说：

"一切结束了！"

他站起来又说了一遍：

"一切结束了！"

亚历克西和他母亲以及让·加利亚，还有刚刚抵达的帕尔玛公爵，一起跪了下来，仆人们在敞开的大门前面哭了起来。

一八九四年十月

薇奥兰特或世俗生活

不要和年轻人或是世上俗人有什么利益往来……也不要出现在达官贵人面前。

——《耶稣行传》（第一卷第八章）

一、薇奥兰特爱好沉思默想的幼年

斯蒂利子爵夫人既慷慨大方又和善亲切，非常有魅力。她的丈夫，也就是子爵大人，神采奕奕，长相很英俊端庄，和她一样充满魅力。他们有一个女儿，名叫薇奥兰特，从小在斯蒂利的领地出生长大，生长在远离尘嚣、与世隔绝的淳朴乡下，像刚长成的石榴树一样，清新剔透，完全未沾染粗俗流气的气息。她长得很漂亮，和父亲一样神采焕发，而且也和母亲一样慷慨大方，身上充满迷人的魅力，她就像是父母两人美妙结合之下的和谐产物。然而，她那善变的心思所导致的任性倾向，却是无边无际，毫无束缚钳制，无法为父母所理解和掌控。母亲曾为此异常担心，而且这种担忧与日俱增，直到有一天她和丈夫两人在一次狩猎活动中不幸坠马身亡，让薇奥兰特在十五岁就当了孤儿。薇奥兰特从此必须独自生活，唯一和她做伴的是城堡的老总管兼家庭教师奥古斯丁，此外她就没什么朋友了，她只能在睡梦中结交梦幻的好朋友，并宣誓对彼此忠诚，至死不渝。她有时就带着他们到处散步，穿过公园的步道来到乡间，一直走到海边看海，那里正好是她母亲领地的边界。他们把她举高，放宽视野看尽一切，包括那些看不到的一切，她感到心旷神怡，以及无尽的喜悦，只是偶尔被心中突然来袭的忧愁打断。

二、色欲

> 不要依靠着在风中吹动的芦苇，那是不可靠的，所有的肉体就像地上的杂草，所有的荣耀就像田野上的花朵。
>
> ——《耶稣行传》

除了奥古斯丁和乡下一些小孩，薇奥兰特再也没见过其他人，还有一位就是她母亲的妹妹，有时候会来看她。这位阿姨住在瑞利扬日她自己的城堡里面，距离这里大概有几个钟头的行程。有一天，她又来探望薇奥兰特，有一位名叫奥诺雷的十七岁少年陪她一起前来。薇奥兰特不喜欢这位少年，就想要赶快把他弄走。她陪他走过公园的步道，一路上他一直对她说些很不得当的话，她生平第一次听到这些话，感到很羞耻，却又很爱听。不久太阳要下山了，他们已经走了很久，两个人就坐到路旁的椅子上休息，欣赏着远方海上美丽的落日余晖，这时奥诺雷假称怕她冷就靠了过去，慢慢把她皮衣上的领子拉高来遮住脖子，嘴巴慢慢贴近她的耳朵，她没抗拒，这时突然从旁边树叶丛里传来一个声响。"没什么。"奥诺雷轻声说。"是我姨妈。"薇奥兰特说。那是风声。这时薇奥兰特站了起来，说她觉得很冷，说着就离开了奥诺雷，不理会他的乞求。事后她感到很懊恼，全身无力，躺到床上睡了整整两天，老是觉得枕头一直在燃烧。到了第三天，奥诺雷前来求见，她不想见他，叫人回话推说她外出散步了，奥诺雷知道那是推辞的借口，就径自离开了。来年夏天，薇奥兰特又想起了奥诺雷，觉得既甜蜜又懊恼，她知道他正准备要上船当水手，她想起就在一年前，他们一起坐在路旁的椅子上，欣赏着远方海上夕阳西沉的美丽景观，她想起他伸出舌头舔她的耳朵的样子，他那绿色的眼睛微闭着，却透露出微微的亮光，在她脸上跳跃着。每当夜深人静她自己一个人的时候，在这广阔无垠和神秘的夜里，确定没有人能够刺探她的秘密时，她就想起奥诺雷在她耳旁所说的那些粗鄙低俗的淫秽话语，然后大声重复说出，感受到一种肉体上的快感。有一晚在吃晚餐时，她微笑着对坐在她对面的老奥古斯丁说：

"我觉得很难过，亲爱的奥古斯丁。"薇奥兰特说。"没有人爱我。"她紧跟着又说。

"可是，"奥古斯丁说，"一个星期前我去瑞利扬日帮忙料理图书室的事情，我听到有人提到你时说：'她好漂亮啊！'"

"谁说的？"薇奥兰特忧郁地问道。

她的嘴角泛出一丝微微的笑意，好比早上拉开窗帘时投射进来的第一道阳光那般和煦，暗地里隐藏着一股温暖和得意。

"去年来过我们这里的那个年轻人，奥诺雷先生。"

"我以为他出海去了。"薇奥兰特说道。

"他回来了。"奥古斯丁说道。

薇奥兰特一听立即起身，迫不及待奔回房间，急忙坐下来写一封信给奥诺雷，要求他赶快来看她。当她拿起笔准备要写信的时候，心中竟涌出一股幸福的感觉，有着一股无以名状的力量。在此之前，她那善变不定的性情一直在引导她生命的走向，盲目追求性灵的满足。他们两人的命运齿轮就像机械一般各自隔开在运作，没有交集。她现在应该主动来加以小小的改变，让他出现在夜晚，在阳台上，而不是在她从未满足的心灵空洞而惨淡的渴望中。如今她想要的是，空虚梦幻的实现，以及全心全力投入这种努力当中。第二天她收到了奥诺雷的回信，她坐在去年他们曾经坐着拥抱在一起的那把椅子上，颤抖地读着他的回信：

小姐，

　　我收到您的信的时候，正好是我的船开航前的一个小时，我们这次回来下船的时间才一个礼拜而已，此番出航要四年后才能回来。但盼记忆长存，端此谨复，盼见谅。

敬爱您的

奥诺雷敬上

　　薇奥兰特失神地望着公园里的平台，他再也不会回来这里了，再也没有人可以来满足她的欲望。大海带他来，然后又带他离去，在她内心的想象里，那惊鸿一瞥的神秘和哀伤魅力将永留心底，那样的魅力就像大江大海，无边无际，深不可测。薇奥兰特想着想着，不禁泪流满面。

　　"可怜的奥古斯丁，"那晚她对老总管说，"我真不幸啊！"

　　对她而言，对信心的需要竟是来自对色欲期盼的失望，按理应该是来自对爱的满足。她就是还不懂爱。不久之后她就会了解，为爱受苦就是懂得爱的唯一方式。

三、爱的痛苦

　　薇奥兰特跌入了爱河，她的对象是一个叫劳伦斯的英国年轻人，是几个月来她日思夜想的目标，也是她不断想行动的对象。自从有一次和他去打猎回来之后，不知何故，她满脑子想的都是他，满心期待能够再见到他，以至晚上想他想到无法入眠，白天也心神不宁。薇奥兰特是真的陷入了爱河，但她还要装出一副倨傲的样子。劳伦斯热爱人群，她必须在人群里追随他的踪迹，可劳伦斯却从未多看这位二十岁年纪的乡下姑娘一眼，她因为哀愁过度和醋意大发而病倒了。她希望能够忘掉他，但她的自尊心却受到了伤害，因为她发现许多比她更不如的女孩反而比她更受到他的垂爱，她决心要来打败她们。

"我要离开一阵，亲爱的奥古斯丁，"她说，"我要去奥地利宫廷附近。"

"老天保佑您，"奥古斯丁说，"您一离开，我们这里的穷人会失去依靠和帮助，何况您要去的地方坏人何其多，今后再也没有人在树林里陪小孩们玩耍，还有谁会在教堂里为我们弹风琴？今后再也看不到您在乡村里画画写生，再也听不到您唱歌了。"

"不要担心，奥古斯丁，"薇奥兰特说，"你只要把我的城堡，还有斯蒂利的农人们照顾好就好了。这个世界不会对我怎样，我会没事的，不管外面的世界多么险恶，我会懂得如何自我保护。一股好奇心驱使我走入这个世俗世界去看看，我要试试世俗生活的滋味，一方面像度假，另一方面也像在学校学习。有一天当我对我的情况满意了，就像假期结束了那样，我就会立即回到斯蒂利来，回到你的身边，重拾旧日的生活，亲爱的奥古斯丁。"

"您确定您能做到这一切？"奥古斯丁问道。

"有志者事竟成。"薇奥兰特说道。

"您会不想再要旧有的东西。"奥古斯丁说道。

"为什么？"薇奥兰特问道。

"因为您会改变。"奥古斯丁说道。

四、世俗生活

世上一般的人都显得那么平庸，薇奥兰特很看不起他们，就刻意和他们保持距离，不想和他们混杂在一起。一些贵族老爷都装出一副高高在上的样子，许多艺术家则是粗鲁无礼，却不断对她献殷勤。她表现自命清高的样子，不但聪明，而且品位高尚，同时还故意装腔作势，穿袍子，身上洒香水。许多裁缝师和理发师，甚至艺术家，都跟在她后面学样子。奥地利一位最著名的服饰商还请她代言，一位欧洲地位显赫的王公也请她做他的情人，她都拒绝了。她不愿意随便施舍她的优雅，一时之间，她竟成为闻名遐迩的风尚代表人物。有一天，在登门求见的许多年轻名流当中，她赫然发现有一位竟是劳伦斯。一想到他先前曾令她伤心痛苦，她此时见到他时竟觉得十分反感，而且他还露出低声下气的样子，更令她加深了对他的嫌恶。可是她回头一想："我实在没权利生气，我当初会爱他并不是因为他的灵魂有何特别之处，而是没看出原来他是那么猥琐卑鄙，还盲目地为了爱他而受苦，可见一个人可以同时猥琐卑鄙，竟又迷人可爱。人的感情实在很奇怪，你可以一时之间如痴如醉，但一转头变得不但不爱，甚至还加以鄙夷，不屑一顾，可见爱这件事绝不是来自理性，即使是柏拉图式的爱情也不屑一顾。"我们不久将看到，她会更加鄙视色欲之爱。

有一天，奥古斯丁来看她，打算把她带回家乡。

"您已差不多征服了所有王室，"奥古斯丁对她说，"您觉得还不够吗？该是回到以前的薇奥兰特的时候了。"

"才刚刚征服而已，奥古斯丁，"薇奥兰特回答，"至少再让我逗留几个月。"

有一件事奥古斯丁并未料到，正是下面这件事导致了薇奥兰特不想回去。她当时拒绝了至少二十位王公贵族以及一位天才人士的求婚，后来答应下嫁给波西米亚公爵，对方提出各式各样极为优渥的条件，外加五百万达克特金币。就在婚礼大典前夕，突然传来奥诺雷回来的消息，竟差一点就破坏了婚礼的举行。结果奥诺雷因为一桩意外毁了面容，他只送来他最诚挚的祝福。她为她心愿落空而哭泣，昔日这心愿像花圈上已经褪了色的花朵那般，如今却要永远凋谢了。婚后变成公爵夫人的薇奥兰特和以前一样维持着相同的魅力，公爵把庞大财富不断往她身上堆积，极尽奢侈之能事，把她装饰得像一件艺术精品，她早已变得不像以前真正的自己了。奥古斯丁知道这个现象以后感到很讶异，就写信给她："为什么公爵夫人现在一天到晚老谈着她以前最鄙视的东西？"

"因为我心里老是觉得空虚和焦虑，而这些并不是一般人所能够理解的，我只有如此做才能压抑我的空虚和焦虑，"薇奥兰特回答道，"可是我一直觉得很厌烦，亲爱的奥古斯丁。"

奥古斯丁来看她，并跟她解释她为什么会觉得厌烦：

"您以前对音乐的爱好，还有沉思默想、好善乐施、对乡下生活的喜爱，以及孤独等等，现在都不见了。您现在表面看起来很成功，似乎也很快乐，但我知道事实并不是这样。人只有遵从灵魂深处的意愿，去做自己想做的事情，才有可能获得真正的快乐。"

"你怎么知道这个道理？你又没有像我这样生活过。"薇奥兰特说道。

"我想过，这层道理很简单，稍微想一下就懂了，"奥古斯丁说道，"我知道您很快就会对这种乏味无趣的生活感到厌烦了。"

薇奥兰特越来越觉厌烦，没有一天感到快乐过。她向来从不理会世间一切败德的事情，如今它们却排山倒海般向她涌来，好像在残酷的季节里，许多疾病突然侵袭身体，令人无法招架。有一天，她独自一个人在一条人车稀少的大道上散步，前面突然来了一辆马车，停在她旁边。从马车上下来一位女士，走到她旁边问她是不是波西米亚公爵夫人，本名叫薇奥兰特，并说自己是她母亲生前的一位好朋友，在薇奥兰特小时候还曾经抱过她。这时候她开始揽着她的腰，很亲切地抱她亲她。走了一会儿，薇奥兰特也不跟她说再见就径自走开了。隔天晚上她去参加一个以米赛娜公主之名举办的晚宴，她并不认识米赛娜公主，这时候却认出来她就是昨天在大道上散步时，所认识的那个讨厌的女人。这时一位她所认识并尊敬的老寡妇走过来，跟她说：

"要不要我来给您介绍米赛娜公主？"

"不！"薇奥兰特说道。

"不要害怕，"老寡妇说道，"我敢保证她会喜欢您，她一向喜欢漂亮的女人。"

薇奥兰特从此刻开始多了两个讨厌的敌人：米赛娜公主和老寡妇。她们到处说她坏话，说她是个不近人情和不知好歹的怪物。薇奥兰特知道了以后心里很难过，忍不住就掉下了眼泪，真想不到女人的心眼儿真坏。她从此都只参加男人的宴会，不久之后她每个晚上都跟丈夫说：

"我们后天一起去我的家乡斯蒂利，我们永远住在那里，再也不要离开。"

之后她又参加一个晚宴，她觉得非常愉快，比以前参加过的任何一场晚宴都更加让她感到满足愉快。她穿着精致美丽大方的长袍亮相，惊艳全场，得到异口同声的赞美。她向往具有思考性和创造性的独立生活，她愿意为别人牺牲奉献自己，她会为他人的存在和幸福快乐而让自己受苦受难，因此现在不要太急于要求改变生活，不要轻易放弃世俗的一切，她要慢慢完成她的高贵使命。她继续举办讲究排场的奢华晚宴，毫无节制地铺张浪费，她会为此感到心里不安而后悔懊恼。一次大规模的施舍赈济活动可能暂时洗涤她内心的污秽感觉，可能暂时消除人心愤慨的不平现象，然而她要的不是真正的善心，而是优雅行为举止的展现。她慷慨施舍许多金钱，并耗费许多精力和时间，但她真正的自己却保留起来，可以说是深藏不露。她早上会躺在床上做梦或是看书，一副精神不济的样子，仿佛凡事置身度外，同时仔细打量自己，好像在照镜子仔细检视自己一般，并非让自己变得高深莫测，而是像卖弄风情和孤芳自赏。如果这时候有人来拜访，她不会继续躺在床上做梦或看书，她会立刻起来接待。大自然对她再也没什么吸引力，只剩下一种邪恶的感觉，四季变迁的魅力如今对她而言，也已经没什么了，要说有用的话就是装饰她仪态的优雅。像面对冬天，她如今的唯一反应就是冷；秋天应该是感伤和诗意的，如今这样的善感心绪也被打猎的愉悦所取代了。有时候她独自一个人在林中散步，她会试图找回大自然曾经带给她的真正喜悦。然而，当她走在阴暗的树叶底下时，只能感觉到她的长袍闪烁着亮光。总之，把自己弄得优雅的乐趣显然破坏了她独处和做梦的喜悦。

"我们明天离开？"公爵问道。

"后天。"薇奥兰特回答。

之后公爵再也没问过她，奥古斯丁等不到她回来，感到很哀伤。薇奥兰特写了一封信给他，信里说："等稍微老一点，我就会回去。"——"啊，"奥古斯丁回复说，"您把整个青春都给了他们，您是再也不会回来了。"她再也没回去过，年轻时她走入世俗世界，努力打造她的优雅，她成功了；年老时，她努力维持她的优雅，却只是徒然。她失去了她的优雅，一直到要死的时候，她还在努力尝试再度获得优雅。奥古斯丁曾相信粗俗，他也相信某种力量，这种力量一开始时来自自负，它可以打败粗俗，打败轻蔑，甚至打败厌烦，它就是习惯。

一八九二年八月

意大利喜剧片段

当巨蟹、白羊、天蝎、天秤、宝瓶等这些东西成为黄道宫星图的图像代表时，就再也不会显得邪恶。因此，当我们在一些坏人角色身上看到这些坏的特质时，也一样不会觉得愤怒……

——爱默生

一、法布里斯的情妇们

法布里斯有一个情妇特别漂亮，也很聪明，但他觉得并不是很满意。"没有人能够理解她，"他诉苦道，"她的聪明显然破坏了她的美貌，每当我瞧着她的美貌时，还要同时聆听一位批评家的精辟论文，我如何继续对她保持钟情呢？"他离开这位情妇，然后又结交了另一位也很漂亮但不聪明的情妇，可不久他立即感觉到她由于缺乏敏锐领悟力而魅力尽失，他又不爱了。这位情妇也察觉到自己的不足，就开始大量读书，借以显示自己的聪明和学问。不久之后，她几乎已经达到了法布里斯上一个情妇的心智水平了，只是显得笨拙和滑稽可笑而已。他要求她在众人面前尽量保持缄默，不要开口讲话，可叹即使她不开口讲话，她的美貌还是残酷地反映出她的愚蠢。最后，他又结交另一位女士，这位女士的聪明只表现在优雅的仪态上，而不是一般的言谈上面，她借此掩饰本性中带有神秘性的魅力。她就像温驯而机灵的动物，有着一双深邃灵活的眼睛，保持着温和的态度。当然，有时早上醒来，也许由于前一晚睡觉时激烈而模糊的梦境的骚扰，她也会露出一副骚乱不安的样子。一般而言，她会像前两任女士那样，毫无困难地去做一件事情：爱他。

二、米尔托女伯爵的女友们

米尔托除了聪明善良之外，也很漂亮，但是说到漂亮，却比不上她的一位女友巴特妮丝。这位女友是个女公爵，比她漂亮不说，还比她聪明。她比较喜欢另一位女友拉拉吉，论优雅，她们两人可说不相上下。但她更喜欢克莉安提丝，后者很含蓄，并不属于那种亮眼类型的女人。可是在这些女友当中，最不会让米尔托感觉到压力的，就是多丽丝，她的世俗地位比米尔托低些，她喜欢和米尔托来往，主要是因为她比自己更加优雅，正如同米尔托对待巴特妮丝一样。

我们如果注意到米尔托的偏好和嫌恶，就可以看出，巴特妮丝女公爵和她相比处处都占了上风，米尔托会去喜欢她不过是为了她自己，就像拉拉吉会喜欢她也是为了她自己，总之，她们都在不同水平上，都是为了自己的缘故而去喜欢和接近对方。至于克莉安提丝，米尔托喜欢和她一起是因为她从不在意什么，不管是去体会什么或是去喜欢什么，她的品位很高雅，她会为了优雅而优雅，而不是为了其他任何的目的。多丽丝表面看似更为单纯，事实未必如此，比如她的出发点像是只为了变漂亮的欲望而已，她喜欢和米尔托接近，可能还是有所企图，就像小狗老是喜欢围绕在大猎犬旁边，心中觊觎的正是大猎犬跟前那堆肉骨头，道理是一样的。多丽丝心里当然会企盼能够借和米尔托接近的机会，攀上公爵之类的高官的夫人，即使这中间会有不愉快，也是在所不惜，正如同米尔托游走在地位比她高或比她低的达官贵夫人之间，也会经常有摩擦或不愉快发生，因而暴露出自己丑陋的一面。至于米尔托和巴特妮丝之间的友谊，已经慢慢产生令人不悦的情况，米尔托对巴特妮丝的感觉正如同多丽丝对米尔托那样，逐渐变了质。拉拉吉和克莉安提丝则让米尔托想起自己充满野心的梦想，而巴特妮丝早已实现她的这类梦想了。相对而言，多丽丝老是在她面前低声下气，她对此表示极度不悦，她早已感受到多丽丝在她身上所施展的，正是她曾经在巴特妮丝身上所努力做的，她一直感受着巴特妮丝故作高雅的姿态，她除了心中不悦之外，实在无法可施：她恨她。

三、爱德蒙娜、阿黛吉丝、埃尔科莱

埃尔科莱看到一个轻佻场面，却不敢对阿黛吉丝女伯爵转述，但是在高等妓女爱德蒙娜面前，她则是肆无忌惮。

"埃尔科莱，"阿黛吉丝叫道，"您不认为我可以听这种故事？啊，我知道您对待高等妓女埃德蒙娜的态度有别于对待我的态度，您尊敬我，却并不喜欢我。"

"埃尔科莱，"爱德蒙娜叫道，"您对我转述这样的故事并不会感到羞耻，却对阿黛吉丝女伯爵只字不提，可见您并不尊敬我，当然更谈不上喜欢我了。"

四、变幻无常

法布里斯自认为将会永远爱贝阿特丽斯，可是他先前爱希波莉塔、芭芭拉或是克莱丽时，心里也是这么想，却都只爱六个月而已。他现在努力要在贝阿特丽斯身上寻找某些特质，让自己相信即使有一天他的热情消失了，他还会继续爱她，仍然

还会想要继续找她，即使她不在他身旁，他仍会热烈地想着她，始终维持着她是永远的且是唯一的假象。然而，他毕竟有他自私的想法，他并不想全心全意把自己所有的时间和感情尽数投注在一个单一对象上面，贝阿特丽斯很聪明，整体看来很不错，是个谈话的好对象。"要是有一天我不再爱她了，我还可以和她好好维持友谊，有机会大家谈谈天，谈别人，谈她自己，还有谈我曾经对她有过的爱等等……"（她会很高兴，把爱变成诚挚的友谊，他希望如此。）终于有一天他对她的热情消失了，不再爱她了，他有持续两年时间不再去找她，终于有一天他还是忍不住去看她了，他觉得很乏味无趣，仅随意交谈十分钟就走了。他的脑子时时刻刻都在想着茱丽亚，她虽然不是那么聪明，但她浅色的头发闻起来像细草一样香香的，同时她有一双无辜的漂亮眼睛，好像两朵花。

五

这世上有某些人表面上过着简朴而温良恭俭的生活，看起来也都够聪明，本性善良热心，但私底下却是什么坏事都干得出来，当然他们绝不会在光天化日下干出什么坏事，因此神不知鬼不觉，没有人会知道他们的秘密。比如夜里有人在公园散步时，他们会对这些人施展小小的恶作剧，无伤大雅，却令人感到厌恶。

六、失落的蜡像

（一）

我刚才第一次见到你，西达丽丝，首先我很喜欢你那一头金发，你看起来好像在婴儿头上戴着一顶金色的小钢盔，很忧郁又很纯洁的样子。你身上披着一件红色的天鹅绒长袍，红中泛白，让你那独特的头看起来很柔软，你的眼皮老是垂着，显得非常神秘。你抬起头往上看，目光停留在我身上，西达丽丝，你的双眸才刚刚经历几个清新明媚的清晨，掠过在明朗天空笼罩下的奔腾水流，你的这双眼睛不像世人的眼睛那样，尚未为世俗的秽气所污染。然而，再进一步仔细看，却可以感觉到，你的眼神所流露的是慈爱和受苦受难，好像你早在为仙女所生育之前即已知道苦难的存在而勉强来到这个世上，即使是披在你身上的衣物都流露着一股优雅的痛苦气息。你的两只手臂尤其如此，你的手臂看来最简单却也是受苦最多的地方，因而也是全身最具魅力的地方。我把你想象成来自遥远地方的一位公主，跨过几个世纪来到这里，经过长时间的洗礼，你变得软弱无力，你是个公主，身上披着古老而优雅稀罕的礼服，眼睛流露着醉人的神采。我期待着你述说你的梦境，还有你心中的厌烦。我会看到你手持高脚杯，或是长颈酒斛，看起来既高傲又忧伤，如今这幅景观只能长留在我们的博物馆里头，你摆着高傲却空洞的优雅姿态，酒杯是空的。在以前当然不是这样，在那时威尼斯的奢华晚宴上，每个酒杯都盛满不停冒泡的清澈美酒，上面还漂浮着紫罗兰和玫瑰花。

（二）

"你怎么会最喜欢希波莉塔，而不是我刚刚提过的另五个美女？她们都是维罗纳地区无可争议的美女啊。首先，希波莉塔的鼻子太长，根本就是个鹰钩鼻。"——你还说她的皮肤太细腻，上嘴唇太薄，她笑的时候整个嘴巴翘得很高，嘴角就变得很尖细。不过她的微笑还是很迷人，令人印象深刻，在你看来，她的侧面轮廓加上那个鹰钩鼻，整体感觉显得很冷峻，但在我看来，固然很吸引人，却让人忍不住联想到鸟。她的整个头部看起来就很像是一只鸟的头，你看她那金黄色颈背和过长的额头连成一气，还有那尖锐又不失温和的目光。在戏院看戏的时候，她老是把手肘靠在包厢椅子的扶手上面，她那戴白色长手套的手臂整个往前伸，一览无遗，用手指头撑着她的下巴。她那完美的胴体披着一件白色薄纱，像是一只大鸟张开它的翅膀，栖息在那里，这令人联想到一只缩在它那优美而细长的脚掌之间，正陷在梦境中的大鸟。同时，看到一旁羽毛扇子不停摇动着，晃动着她那白色的薄纱，也是一件赏心悦目的事情。我从来没机会见过她的儿子或侄子，据说他们都和她一样，有一个鹰钩鼻，薄薄的双唇，炯炯的目光，过于细腻的皮肤，他们都是女神和鸟类的后裔，他们并不知道这些，即使知道也不以为意。经过蜕变之后，翅膀不见了，变成今天这个女人的样子，我见过孔雀后代的皇室成员，他们的头都很小，孔雀背后神秘的波浪状的丰满羽毛全都不见了，这个女人的蜕变告诉我们一个奇特的概念，那就是美的颤栗。

七、爱装高尚的女人

（一）

一个女人从不会隐藏她爱参加舞会、逛街以及爱赌博的习性，她会不讳言到处讲这些事情，甚至带着吹嘘夸大的语气，但不要跟她说她崇尚高尚，她会不高兴大叫，甚至发火。这是她最脆弱的地方，她总是小心翼翼加以隐藏，因为那是她最容易引发屈辱的虚荣之处所在。她每天期待邀宴的卡片，这样的卡片不一定得来自最显赫的公爵阶层的人物，只要有人邀请就行了。她的这种行为显得愚蠢，她就是不要被认为不如别人而没得到重视；其实这样爱装高尚的行径恰好显示了她的确有不如人之处，她希望成为人人称赞的对象，让自己感到得意。我们会注意到，这样的女人，常常会把一样很蠢的东西讲得天花乱坠而自鸣得意，她会说这个东西很精致，显得人很有品位，很高级，甚至可以写一篇美丽的小故事来赞颂它，借此来巧妙改变她的情人对此样事物的整个看法。

（二）

聪明的女人最怕人家说她爱崇尚高尚，而事实上她并不是如此，有时在谈话的场合，她就尽量避免去触碰这类谈话题材，绝口不提她心目中的英俊男子或有关高尚事物的话题。她谈高雅和品位，躲开人家对她的质疑，尽量把主题设定在生活中有关艺术品位的问题上。在独处的时候，她可能尚未拥有高尚的东西，或是曾经有过而现在丧失了，这时候她就会像一个欲望未曾满足或是被遗弃的女人那样，不停去想望这类东西，因此有些年轻女性或年长女性，她们会热衷于谈论别人身上有或自己身上没有的一些高尚东西。坦白讲，谈论别人身上没有的高尚东西，心情会愉快一些；谈论别人身上有而自己身上没有的高尚东西，则会挑起你自己想象的欲望，然后期盼加以满足，就像肚子饿了亟待填饱一样。我曾经看过一位女公爵，她参加了一个联盟，里面都是拥有高尚东西的盟友，大家互相比较，在尚未有欲望之前，就已在享受颤栗的愉悦了。在外省地区，有一些商店的女商家，她们的大脑像一个小鸟笼那般紧紧关闭，杜绝一切高尚的东西，并视之为洪水猛兽。每当邮差为她们送来《高卢报》时，大家就争相阅读有关时尚的新闻，外省地区的胃口就是这么容易满足，一个小时之后她们恢复平静，眼睛因为欲望得到满足而闪闪发亮。

（三）反爱装高尚的女人

如果你与世隔绝不和人往来，如果有人跟你提到莫里哀《恨世者》一剧中艾莉昂特这个角色，说她年轻、漂亮、富有，许多男人都喜欢她并爱上她，但是她却与他们断绝往来，许多男人并不肯放过她，他们欺负她，甚至凌虐她，这些男人当中有些长得很丑，甚至又老又蠢，她几乎不认识他们，他们把她关在牢房里做许多苦役，她任劳任怨，她同时帮助和照顾许多女性朋友，你可能会想：艾莉昂特犯了什么过错没有？她牺牲自己的时间和自由，还有生命的尊严和财富，为别人而活，她的确没犯什么过错。法官几经挣扎最后判她无罪并还她清白，然而一个严酷的诅咒还是强加在她身上：她爱装高尚。

（四）给爱装高尚的女人

如同托尔斯泰所说，你的灵魂像一座阴暗的森林，森林里的每一棵树都有它特别的谱系。有人告诉过你，这一切都是枉然？对你而言，整个宇宙并不大，它到处都是纹章，这是关于这个世界最突出也最具象征性的概念。你身上是否隐藏有一种奇特古怪的东西，具有纹章的形状和色彩？你读过《大巴黎》、《哥达》或是《生活至上》这类在巴黎出版的年鉴吗？有的话你就会认识布耶这个人，他是个知识丰富的学者，他在这些年鉴里写了许多有关我们祖先如何打胜仗的故事，子孙一代一代传下来。一直到今天，我们只有通过这种记忆方法，才能彻底了解整个法兰西历史。这中间的许多荣耀，都是靠多少人牺牲自己的自由和享乐，还有放弃自己个人的志向以及友谊和爱情等等，才艰苦得来的。你会在你现在许多朋友的面容上面看到你祖先的影子，你小心翼翼栽培这些树木的谱系，你每年带着喜悦的心情去采摘果实，它们的根早已在法兰西这片古老的土地上紧紧盘住，你今天的梦想只有建立在过去的基础之上，才能够发光发亮。十字军东征的精神隐藏在你手上每一张名片上的名字背后，呼之欲出，是不是让你精神为之一振，甚至想高歌一曲，像死人从画满纹章的石板底下跳出来，大声吟唱古老法兰西的荣耀？

八、欧兰特

你今晚不想上床睡觉，今早起床后也还没有洗澡？

你为什么要宣布这个，欧兰特？

像你那么有才华的人，总是不想比其他人显得特殊一些，宁可独自扮演一个忧伤的角色？

你的债权人不停骚扰你，你的不忠行为让妻子绝望透顶，你要是穿上礼服，人家还会以为你穿的是仆人的制服，没有人知道你是为了让自己看起来不那么邋遢而这么做。坐下来吃晚餐时你故意不脱下手套，只是为了让人知道你根本不想吃东西。晚上半夜发高烧时，还套上你的马车前往布洛涅森林夜游。

你会在下雪的夜里读拉马丁的诗，然后一边烧肉桂一边听瓦格纳的音乐。

然而，你毕竟是个有才华的人，而且又那么有钱，要不是为了展现你的才气，你是没有必要负债的，你大可维持你的中产阶级地位，而不必去对你的妻子抱怨你心中的苦楚，甚至把她撵走。你不喜欢人群，你懂得自得其乐，你都不用开口说话，你的聪明才智就显露无遗了。在你进城去吃晚餐之前，你就说你今天会有好胃口，然而一到了那里，却又生气得什么都不吃。你整个晚上都在散步道上走来走去，显得怪里怪气，你自己也觉得很不自在。你想象着大雪纷飞，在房间里烧着肉桂，自认为很有文学和音乐修养，就读着拉马丁的诗，听着瓦格纳的音乐。然而，你把艺术家的气质和一切中产阶级的偏见融合在一起，你并未骗得过我们，你只带来反面的东西。

九、反坦率

我们为贝尔西、劳伦斯和奥古斯丁一起担忧是对的，劳伦斯朗诵诗，贝尔西讲课，奥古斯丁讲事实。最后这个人，不管是他的职业还是头衔，都没有人搞得清楚，他就是个真实的朋友。

　　奥古斯丁走进一家沙龙；我告诉你一个事实，要提高警觉，别忘了这一位是你真正的朋友。他和贝尔西以及劳伦斯一样，每次一走进这里，大家就加强警戒。他从不会等着你来告诉他关于你的事实，就像劳伦斯不会等着对你发表长篇大论，或是贝尔西等着对你发表他对诗人魏尔伦的看法。他既不等待也不打岔，因为他和劳伦斯一样那么坦白，并不是为了你的兴趣，而只是为了他自己的乐趣；如果你不高兴，那刚好助长他的乐趣，就像你对待劳伦斯的情况，是一样的。然而，他们并不需要这样，他们表面像三个无赖一般惹人讨厌，大家避之唯恐不及，事实并不是这样，他们有他们的专业技能，可以为大众服务，像奥古斯丁专讲事实，可说是无所不包，比如对传统剧场心理学的分析，或是对荒谬格言如"爱之深责之切"的批判，比如他绝不相信拍马屁只是一种温柔的感情或是黑色幽默的表现。奥古斯丁会在一个朋友身上施展恶作剧吗？他的公开表演风格既无罗马式的粗鲁，亦无拜占庭式的虚假，他只是摆出骄傲的姿态呼喊而已，兴高采烈，眼睛炯炯发亮，既粗俗又豪迈："他不会对你们细声细语讲话……咱们敬重他，这才是真实的朋友！……"

十

在一个优雅的场所，每个人都可以发表和他人不同的意见，甚至是相反的意见，这是一个文学的场所。

※

一个放荡之徒对处女的要求，可以说是爱向纯洁进行永恒致敬的一种形式。

※

离开某某A，然后走向另一个某某B，前面那个某某A的愚蠢和恶劣本性，及其悲哀处境，完全暴露无遗。如今你对某某B的英明本性崇拜有加，你想到之前你对某某A的感觉也是如此，不禁感到脸红。然后不久之后你会发现，你对某某B产生厌烦的过程，和之前对某某A产生厌烦的过程，几乎是如出一辙。从一个人走向另一个人，你等于是拜访两个敌对阵营，只是有一方阵营永远听不到另一方阵营对他们的攻击，因为他们老是认为只有他们自己在戒备。直到有一天他们发现，他们的武力相当，都一样脆弱，这时他们不再互相崇拜或互相歧视，这是智慧的开始，然而智慧的开始也正是真正决裂的开始。

十一、剧本大纲

奥诺雷坐在房间里，他起身走到镜子前面，对着镜子：

他的领带——你老是无精打采，已经不止一次把我那漂亮的领结打得软趴趴，甚至根本就打坏了，你是恋爱了，亲爱的朋友，可是为什么要露出一副忧伤的样子？

他的笔——是的，你为什么忧伤？一个礼拜以来，你使我劳累过度，亲爱的主人，我已因此改变我的生命内涵！我曾经抱着从事光荣事业的使命，可是如今从你在信纸上面所写内容来看，你好像一直都在写情书，而这些情书竟然都是忧伤的，因为从你绝望的书写方式，以及突然的停顿，可以看得出来，你显然是恋爱了，亲爱的朋友，可是你为什么要忧伤呢？

玫瑰花、兰花、绣球花、铁线蕨以及耧斗花，充塞整个房间——你向来就喜欢我们，可是你从来不会把我们全部摆在一起，我们各自摆出骄傲又柔弱的姿态，散发出各自不同的芳香，我们为你带来新鲜香气和祝福，我们知道你恋爱了，可是你为什么要忧伤呢？

书——我们向来是你的最佳顾问，你总是不断询问，我们回答的，你却从来不听。即使我们无法促使你行动，我们却能帮你理解，但不管怎样你还是一路奔向挫败，不过还好，你并没有在阴暗里或在噩梦中被粉碎。不要像以前一些老家庭教师那样，总是把我们随便丢弃。你把我们捧在你那稚气的小手里，你那纯洁的眼睛不停注视着我们，眼神流露出惊异和沉思。如果你不喜欢我们，至少喜欢我们提醒你自身的存在，过去、现在以及未来的存在，我们提醒你，现在的你，是否就是你以前梦想成为的样子？来听听我们那熟悉的训诲的声音，我们不为你说明为什么你会坠入爱河，我们只想告诉你为什么你会变得忧伤。以前每当我们的婴孩不高兴哭闹时，我们就讲故事给他听，或是像以前我们的母亲所做的那样，在熊熊燃烧的火炉前用摇篮摇他，摇动他所有的希望和梦想。

奥诺雷——我是爱上了她没错，我同时相信她也爱我，但我的一颗心还是起伏不定，我心里告诉我自己，我会永远爱她，我的好仙女却告诉我，我的爱顶多持续一个月。这就是为什么我在进入喜悦的天堂之前，不得不停在门槛上揉弄我的双眼，踌躇不前。

好仙女——亲爱的朋友，我从天上下来，给你带来祝福，但你的幸福还是取决于你自己。在未来一个月里，你如果担心有什么意外状况会破坏你当初陷入爱情时所期许的喜悦，你就以卖弄风情或不动情的方式，以此鄙夷姿态面对你之所爱，既不赴其所约，当她以酥胸引诱你的嘴唇，像一束玫瑰那么诱人，你亦完全不为所动。简单来讲，用你的耐心建造一座爱的永恒堡垒。

奥诺雷，高兴得跳了起来——我的好仙女，我爱你，我这就按照你的话去做。

萨克森之钟——你的女朋友不守时，我的指针早已越过你日夜期盼的约会时辰，她竟然还未现身，我担心我还要继续这样单调地嘀嗒嘀嗒下去，你还要无止境地等下去。我只懂得时间，对生命一无所知，几个钟头的忧伤和几分钟的快活，对我来讲并没什么区别，好比蜂箱里的蜜蜂，我们永远无法区辨分别。门铃响起，一位仆人前去开门。

好仙女——听我的话去做，你那永恒之爱将取决于此。

钟摆猛烈地摇摆着，玫瑰的芬芳令人感到忧心，兰花不停摇摆晃动，全都焦虑不安地倾向奥诺雷，其中一朵还露出丑陋的样子。他的笔静静躺着，忧伤地望着他，一动也不动。书不停地低声细语，连续不断。他们齐声对他说：听仙女的话，你才能得到永恒之爱……

奥诺雷，毫不迟疑地——我完全遵循她的话去做，何必怀疑我呢？

这时他的爱人走了进来，玫瑰花、兰花、铁线蕨、笔和纸、萨克森之钟以及奥诺雷等，一齐向她发出颤动而和谐的声音。奥诺雷立即靠上去，亲着她的嘴巴并叫道："我爱你！……"

尾声——他好像在她的欲望之火上面吹气，她假装被这不

当的举止惊吓到而逃之夭夭，他从此再也没见到她，以及她那
冷漠严峻的慑人目光。

十二、扇子

夫人，我为您画过这把扇子。

在您退隐之后，我们可否根据您的意思谈论以前充塞在您
沙龙里那些虽然表面迷人却又十分空洞的东西，它们倒是曾经
丰富了我们的生命内涵，其影响至今不灭。

您的画作曾经像是一棵大树的树枝上闪闪发亮的叶子，把
光芒照射在世世代代的画作上。我手上拿着画笔一边漫步，一
边想着您那多样的作品所呈现的我们时代的精神。他想着这些
作品所呈现的几个世纪以来的思想和生活，他不断延伸他的漫
步范围，感到既愉悦又厌烦，好像在分辨正确的散步道一般。
他不停地分辨这些作品的好坏，发现好作品时就好像找到正确
的散步道一样，可这时却感到精疲力竭，他不想再继续下去了，
他把自己的脸埋在土里，什么都再也不想看了。我想过要好好
把您曾经散发出的光芒画下来，它们呈现了许多的人和物，以
及爱的忧郁，现在却不再存在了。您的画尺寸虽然不大，但和
一般杰出画家所呈现的价值却没什么两样，您的画中有高高在
上的王公贵族和美丽淑女，以及才华横溢的人。当然，您有时

为了迎合世俗而降低自己的水平，但对您小团体的融洽气氛却毫无影响，您的小团体永远比别人的融洽活泼。我为您所画的扇子，我不想让外人看到，那些人从不会去沙龙，他们若看到毫无傲气的公爵和不矫揉造作的小说家在那里以礼相待，会感到十分讶异。当然他们不会理解，我们为什么会有这些怪异的行为，他看了我们的聚会，悲观的情绪恐怕会油然而生，我们的一位大作家坐在一把安乐椅上面，摆出一副假装高尚的样子，正在聆听一位大公对他高谈阔论，大公手上拿着一本诗集，打开在某一页上面，但从他的表情来看，他是看不懂的。

在烟囱的火炉旁边，您认出了C。

他拿出一个小瓶子，对旁边的女士解释说，他在瓶子里头装了很怪异且味道很浓烈的香水。

B感到自己没办法比他更吸引人注意，然后觉得想走在流行前面，最可靠的方式就是让自己以独特的方式显得过时，他就在自己身上插上两朵紫罗兰，借此奇特方式来吸引他人的注意，却是矫揉造作不堪。

您自己不会也有这种矫揉造作的倾向吧？要是以这样的做法来显示自己的突出，实在太微不足道了，倒不如退到您的音乐室，不要听瓦格纳的歌剧，或是弗兰克和丹第的交响乐，而是对着钢琴上已经打开的乐谱，弹奏海顿、亨德尔或是帕莱斯特里纳的音乐。

我从未想象过您坐在长沙发上的样子，T此时就坐在长沙发上，坐在您旁边，他正在跟您描述他的房间如何涂上漂亮的柏油，让他身处室内时感觉像在海上航行一般，同时跟您吐露他所使用的香水和室内家具是多么的精致宜人。

您那轻蔑的微笑说明您并不太认同这种无力的想象方式，一个赤裸的房间不足以让人发挥遨游世界的想象力，竟然必须用可怜的人为方式来制造美感，借以激发想象力。

您那些最讲究精致的女友们都在场，她们若看到您的扇子，不知道对我会有什么微言？我不敢想象。最美的素描，在我们面前最令我们感到惊异的作品，如同惠斯勒所画的那样栩栩如生，都比不上布格罗的人像画那样令人激赏和怀念。女人展现美，却不了解美。

她们也许会这样说：我们只是单纯喜欢一种美，那种美和你心目中的美不同，为什么你的美比我们的美更美？

希望她们至少让我说一下：她们提到了美学问题，却很少有人了解这个问题，像波提切利的圣母像，画风与我们时代流行的完全不符，也画得很笨拙，没什么艺术感，却绝不是泛泛之作。

我们不妨随意来看这把扇子，立即可以看出上面是有一些缺点的，这些缺点过去老是在我脑海里绕来绕去，总觉得毕竟是遗憾，不过随着时间的流逝，当大家再看到这些缺点时，慢慢不以为意，也就不再觉得痛苦了。

我不经意在您这脆弱的扇子纸上流露缺陷，可能带来伤害，但您却不以为意，您认为那些缺陷无关紧要，无伤大雅……

也许您心里想的是，大家不必理会死亡的存在，只图尽情享乐，在您的沙龙里，在金碧辉煌的声色底下尽情享受，过着行尸走肉一般的生活。

十三、奥利维安

为什么大家每晚都去找你，奥利维安，陪着你去法兰西剧院看戏？你的朋友们不再像班达隆、斯卡拉慕什或帕斯卡雷洛那么聪明？你现在和他们一起吃晚饭感觉不再那么愉快？然而，你应该可以做得更好。如果说去看戏可以带来许多谈资，可是如果你碰到的是一个像哑巴那样的朋友，或是一个乏味无趣的女朋友，你可以得到什么乐趣呢？即使是一个缺乏想象力的男人，日常生活中的谈话也可以很精彩且带来很多乐趣，在烛光下，对一个聪明的男人，甚至不必讲太多的话，他就可体会很多了，讲太多话反而是浪费时间，奥利维安。只有想象力和灵魂的声音才能够真正唤起想象力和灵魂的快乐反应，要想得到真正的乐趣并不需要花费太多时间，要是你真想唤起这种声音，比如从阅读或沉思默想中获得滋养，你只要在冬日夜晚的火炉旁边或夏日午后的花园里，你即可立即召唤你最深刻、最丰富的美好记忆。只要你愿意努力去做，有一天你就会从你的记忆当中感受到美丽的芬芳，从而带来很大的乐趣，就像推着满满的独轮车那般，愉快地在花园里走来走去。

你为什么常去旅行？华丽的四轮马车载着你和你的梦想缓缓前进，一路来到你的梦幻之乡，想要到海边，你就闭上眼睛，你来到普佐莱斯或那不勒斯的海岸，脱下外套，你打算在那里安顿下来。你说，你要在那里完成一本书，在那里比在城市里工作会更有效率，你很喜欢房间四周墙壁上的巨大装饰品，在这个小天地里，你感到愉快自在，你可以轻易不去贝加莫公主的午宴邀约，也不会随便外出到处无所事事地乱逛。然而，就在享受当下愉快环境所带来的美好生活时，为什么你仍要抱怨你的生活还是不尽如人意？像你那么有想象力的人，却只能生活在懊悔或等待当中，也就是说，生活在过去和未来当中。

这就是为什么你不喜欢你的女朋友，也不喜欢你的度假生活，甚至也不喜欢你自己。也许你自己也注意到了你为什么不喜欢，你为什么老是抱怨而不寻求改变呢？你的处境很悲惨，奥利维安，你还未真正长大成人，但你已经是个文学家了。

十四、世俗喜剧里的人物

在一些喜剧里，斯卡拉慕什总是很爱吹牛，阿尔列金总是呆头呆脑，帕斯魁诺的行为永远诡计多端，班达隆要不是贪婪无度就是轻信他人言语；吉多虽然脑筋灵光，却老爱搞背叛，他会为一句玩笑话而出卖朋友；吉罗拉莫视财如命，凭借各种可能的手段累积相当可观的财富；卡斯特鲁乔的恶劣行径罄竹难书，他有坚硬的后台当靠山；至于伊阿古，虽然十本书也无法写尽他的恶劣行径，却只能算是个业余的坏人；而埃尔科莱，报纸上的几篇文章就能数尽他是什么样的专业坏人；恺撒是警察所豢养的记者或间谍。卡德尼欧爱装高尚，皮波根本不重视友谊，却老爱装出大好人样子。至于福尔图娜塔，永远不肯在任何事情上妥协，喜欢到处说长道短，她其实心地十分善良，长得圆圆胖胖，体态十分丰腴，说明她个性善良亲切，像这样体态的女性会坏到哪里去呢！

上述那些人物都有一定天生的性格，他们在戏中各自的行事风格也都是定型的，只要他们一出场，他们会讲什么话或会做什么事情，观众早已有先入为主的定见，即使他们干了什么坏事，观众早就了然于心，也就不会特别去责怪他们。拿卡斯特鲁乔来讲，他的本性就是喜欢背叛朋友，所以当他背叛某一位朋友时，没有人会觉得奇怪，那位吃亏的朋友会这样说："被卡斯特鲁乔背叛的人真不幸，他是个忠诚的朋友哩。"福尔图娜塔喜欢到处讲别人坏话，她那些坏话来源甚至还藏在她的短上衣内部褶皱里面，还要一张一张拿出来念，没有人说她坏心肠。吉罗拉莫会厚颜无耻地在一个人面前说尽谄媚阿谀的鬼话，他会为了自己的利益而引诱一个朋友去干坏事。恺撒会煞有介事地问候我的健康状况，我知道他想借此和总督攀上关系，他并不直讲，他把他的企图隐藏得很好。吉多一看到我就立即过来热烈攀谈，说我的气色看起来多么好。"没有人像他那么聪明，但他实在很坏。"旁边的合唱队这样叫道。其实，这些各式各样的人物，不论他们的性格有多么多样化，在整个社会上并无举足轻重的地位，他们说了什么或做了什么，对社会根本不会有什么影响，没有人会去在意他们。但他们并非一无是处，吉罗拉莫不管做了什么，也还算得上是个好家伙。福尔图娜塔不管说了些什么，她还是个好女人。这些人所扮演的即使是出身寒微之辈，却能不顾一切力争上游，努力摆脱卑微处境，散发许多不同的魅力，各自获得某种程度的社会认同。吉罗拉莫对一位朋友说明他的"真实情况"，他一开始自愿扮演跑龙套角色，"先好好磨炼自己"，然后再寻求更重要、更劲爆的角色，现在他都演重要角色了。对于后进，他结合了苛刻的批评和热心的鼓励，批评和鼓励兼而有之，直到他们真正冒出头。当然他们会对他心存感激，他自己也更加精进，博得观众的喜欢和爱戴。福尔图娜塔越来越丰满，还好并未影响到她的精神和美貌，她越发展她的个性，对他人就表现得越冷漠，但她知道如何去削减她的苛刻本性，因为她很清楚这是阻碍观众热爱她的最大绊脚石。她常常在心中用这一类字眼提醒自己："和蔼亲切""善良仁慈""坦率"。这些概念慢慢渗透进她平常的言语之中，并在同行之间不断使用，大家往来之际显出一团和气。她似乎微微感觉到她正在形成一种严肃而平和的个人行事风格，大家与她之间产生一种默契，愿意让她来处理类似需要法官仲裁的事件，她在群众面前展现一种独特的领袖个性，从远处冷静而精明地观察这一切……有时晚上的时候，大家在一起闲聊，发生意见不合，对剧中人物行为有不同的看法，这时就由她出面调和争端，直到大家都满意为止，当然有时会有人突然打断这类工作，使整个场面变得意兴阑珊，让大家昏昏欲睡（毕竟大家都是人）。不管怎样，最后总算让崇尚高尚的一方黯然失色，心怀恶意的一方无计可施，甚或还有放浪形骸的一方，他们一样无话可说，大家圆满解决问题。和蔼、亲切而坦率的解决方式，让大家心满意足，心平气和，让坏心眼无机可乘。

上述的回顾取材自贝加莫协会的档案数据，在某些人眼中未必真实可靠。当阿尔列金离开贝加莫剧团，加入法国剧团之后，他从蠢蛋变为才子，同样的情况，利杜维娜换了剧团之后，变成为高尚女人，吉罗拉莫则是变为聪明才智之士。这种情况极容易理解，一个有才华的演员有时候在一个剧团没有适当的角色让他发挥，他只能将就演一些不称职的角色。长此以往，他的才华就被埋没了，除非他有机会尝试新的比较适合他的角色，但这种情况并不常见。

世俗生活与热爱音乐
——谈福楼拜的《布瓦尔和佩库歇》

一、世俗生活

"现在我们已经有了相当的地位，"布瓦尔说道，"为什么我们不开始过一种世俗生活呢？"这也是佩库歇一直以来的看法，但首先必须让自己显得出众，为达到此目的，则必须好好研究手上正在处理的材料。

当代文学是首要之务。

他们订阅各式各样的杂志，其中以当代文学为主，他们认真阅读，同时也努力撰写批评文章，特别注重研究风格的轻快和自由自在等问题，他们先设定所谓的风格应该是什么样子，然后据此去分析研究。

布瓦尔反对戏谑的批评风格，他认为这与世俗世界不符。他们以世俗之人的姿态互相对话，讨论他们所阅读的东西。

布瓦尔手肘靠在烟囱上面，小心拨弄着炉里的炭火，避免把手上的白色手套弄脏。他称佩库歇为"夫人"或"将军"，借此达到一种世俗的感觉。

他们经常停在那里不动，有时其中一个围绕着一个作者，赞不绝口，另一个想阻止他，却无济于事。最后他们一起贬低所有作者，勒孔特·德·利勒太缺乏感情，魏尔伦却又太神经质。不久，他们陷入了梦乡，梦中却完全没有交集。

"为什么洛蒂老是发出相同的声音？"

"他的小说永远那个调调。"

"他的创作才情仅限定在一条弦上面。"布瓦尔下结论道。

"安德烈·洛里恐怕更等而次之，他每年都带着我们到处跑，他把文学和地理搅混在一起，他的风格也许尚有可观之处。至于亨利·德·雷尼埃，他爱恶作剧，简直是个疯子，其他什么都不是。"

"你举出这些，老兄，"布瓦尔说道，"等于把当代文学从可怕的死胡同拉了出来。"

"为什么要把它拉出来？"佩库歇说道，摆出一副温厚的国王的样子，"这些小马驹，他们身上还流着热血呢。把他们脖子上的绳索解掉吧。他们被这样捆住了，是无法施展什么的。即使是胡言乱语，也是自然本性的流露，大有可观之处的。"

"在这段时间里头，障碍是一定要拿掉的。"佩库歇大叫道，"同时，在他们孤独的房间里塞满他们的叛逆和否定。"他激动地说，"此外，尽量毫无顾忌，想说什么就说什么，用散文说出一切，不要用诗；除了散文，我什么都不想看到，这样才有力量，才有意义！"

马拉美已经江郎才尽，但他依旧口才了得。真是可惜，这么有才华的人每次一拿起笔来便不知所云，他身上是否得了什么无法诊治的怪病，不得而知。梅特林克令人害怕，他通过某些手段以及与剧场无关的东西令人感到惊恐，艺术通过罪恶的手段去感动人，这实在太可怕了。此外，他的句法也实在是太糟了。

他们以戏谑方式，用法文动词变化来写出他们有趣的批评："我说那个女人进来了——你说那个女人进来了——你们说那个女人进来了——为什么大家都说那个女人进来了？"

佩库歇起先打算把这篇有趣短文寄给《两个世界杂志》发表，后来，据布瓦尔说，他们决定找机会在某个时髦沙龙念给众人听，他们认为会大受欢迎，然后再投给另外一家杂志发表。根据他们的想法，能够领略这篇文章妙处的读者，必属才能非凡之辈。

勒迈特虽然才华横溢，但对他们而言，却显得前后不一，粗俗无礼，有时不断卖弄学问，有时又很布尔乔亚，经常反反复复，出尔反尔，让人搞不清楚他到底打算怎样。特别是他的风格显得非常松弛，当然，他有赶稿的习惯，对仓促间完成的东西似乎就不能太过于苛求了。至于法朗士，他写得很好，想得却很糟，和布尔热刚好相反，布尔热的思想很深刻，写出来的东西却十分蹩脚，可见十全十美的才能毕竟还是非常稀罕的。

在布瓦尔想来，要把自己的观念清晰表达出来，并不是很困难的事情。但清晰还不够，还要优雅（修饰的功夫），活泼生动，高尚，还要符合逻辑。他最后又加上反讽，可是在佩库歇看来，反讽并非绝对必要，因为反讽常常会令人疲惫，甚至误导读者对文本的理解。总之，要写得好并不容易。布瓦尔认为写得好不完全归功于创作才华，佩库歇认为也不完全和社会道德的沦丧有关。

"让我们有勇气把我们的结论藏起来，"布瓦尔说道，"我们将略去那些毁谤者不谈，我们会吓到每一个人，这会惹得众人不悦。我们不必忧虑，因为我们很有自信。我们的创作能力会伤害到我们。要努力把它隐藏起来。大家不必再谈文学了。"

还有其他更重要的事情要谈。

"我们要如何表达致敬？用整个身体或只是点个头，慢或快，要靠过去或原地立正敬礼？双手沿着身体往下垂，手上要戴着手套，头上还要戴帽？在致敬的过程中，脸上表情要保持严肃或露出微笑？还有，等致敬结束之后，如何立即恢复原来的严肃面貌？"

致敬礼仪并不是那么简单。

我们用点名方式开始，要从哪个人开始？是用手势把点到名的人指出来，还是用点头的方式叫他出来，或根本要他原地不动，完全不加理会？还有，向不同的人致敬，致敬的方式是否有所不同，比如面对老者或年轻人，锁匠或亲王，演员或学院院士，致敬方式必然有所不同？如果是一视同仁，以一致的方式，会很符合佩库歇的平等观念，而布瓦尔会很不以为然。

要如何适当叫出对方的头衔？

我们对男爵、子爵或伯爵都称先生，可是我们如果说"日安，侯爵先生"，会显得平淡无奇，但如果说"日安，侯爵"，又显得鲁莽无礼。他们宁可叫"亲王"或"公爵先生"，虽然后者听来有些唐突。每当他们去晋见这些王公贵族时，总觉得忐忑不安，布瓦尔一想到自己未来的前途，总是战战兢兢，把要讲的话事先在心里拟好草稿，好好记住对方正确的称谓，脸微微泛红，带着微笑，头稍稍往前倾斜，双脚微微抬起。佩库歇在一旁看得很不以为然，他认为布瓦尔迷失了自己，让自己变得混乱，老是对着亲王的鼻子笑个不停。为了不让自己变得难堪，他们再也不去圣日耳曼地区的豪宅。除此之外，他们还是到处走动，会到远处拜访孤立的团体，当然他们也不会忽略银行里具有高级头衔的人物，而至于那些游荡的贱民和浪人，他们的人数实在是太多了。在佩库歇看来，他们绝对不能向那些假贵族妥协，与他们书信往来都是多余的，甚至也没必要和他们的仆役讲话。布瓦尔甚至怀疑，他最近碰到的一位贵族也是假的，但此人却和前朝的贵族一样受到尊敬。在他们看来，贵族自从失去他们的特权之后就早已不再存在，他们沦为教士，或是自甘堕落，不工作也不读书，竟日无所事事，成为另一批无用的布尔乔亚阶层，要去尊敬他们未免显得可笑。要去看看他们也许还有可能，毕竟他们还不至于那么可厌。布瓦尔说，要找到他们，弄清楚他们在郊外常去哪些地方，没准备一张巴黎详尽而准确的地图还真不行。他们这些人包括圣日耳曼地区的住户、金融集团的人、清教徒小区的人、游荡的冒险家，还有艺术家和剧场工作人员。就佩库歇所知，许多前王朝遗留下来的王公贵族，现在都成为浪荡子，群居在郊外的豪宅小区。这些贵族几乎都拥有情妇，或宗教上的心灵姊妹，同时和一些宗教人员狼狈为奸。其实这些人一般来讲大多诚实正直，但也大多负有债务。他们常借高利贷，许多专放高利贷者也因此常毁在他们手里，他们博得的称号是荣誉斗士。他们的行为高雅端庄，但有时也会创造奇装异服的怪诞潮流，他们是模范小孩，对人热情，对银行家则是毫不留情。他们经常骑着马，手上拿着剑，后头坐着一个女人，他们梦想着能够回到以前的专制时代，到处漫游，对好人不会装出高傲的样子，看不起懦夫，对背叛者倒是会出于同情而帮他们逃跑。这些古代骑士精神的再现，使得我们不禁对他们油然生出好感。

相对而言，财力雄厚的金融家会令人尊敬，但同时也令人嫌恶。他在舞会上经常会露出一副忧心忡忡的样子，因为等一下，有可能是早上四点钟，他的办事员会进来跟他报告最新的股市行情，不管是大有斩获，或是损失惨重，他都不会让他老婆知道。大家永远搞不清楚这是一个专制君王还是一个骗子，他有许多房子租给一些小民，尽管他是那么有钱，催缴房租却从不手软，只要没按时缴纳房租者，不管你有什么苦衷，一概毫不留情立即撵出。除此，他永远坐在马车内，穿得不是很得体，手上老是拿着一个长柄的单片眼镜。

他们向来对清教徒小区就没什么好感，这些清教徒都很冷漠，故作高傲，排斥非他们教会的人，他们的教堂看起来像住宅，住宅和教堂几乎不分。教堂里老是有一位牧师在那里吃午餐，仆人常常引用《圣经》里的诗句来告诫他们的主人，他们总是忧心忡忡，生怕私藏的东西被揭露出来。他们在和天主教徒聊天时，对于《南特诏书》被撤销和圣巴托罗缪大屠杀事件被隐瞒，总是流露出一股深深的怨恨。

艺术家的世界虽然一样半斤八两，但仍有许多不同，几乎所有的艺术家都不肯循规蹈矩，都和家人的关系不和睦，都不肯规规矩矩戴正式的帽子。他们喜欢使用自己的特殊语言，大部分时间都耗在和门房胡言乱语上面，最喜欢把自己打扮成怪里怪气的模样去参加化装舞会。然而，他们还是会经常创造出一些伟大的杰作，女人和酒是他们伟大创作的源泉，他们白天睡觉，晚上到处游逛，就是不知道什么时候才工作，脑袋永远处在停顿状态，脖子上绑着一条软趴趴的领带，随风飘扬，没事的时候就躲在家里卷烟草。

剧场的世界和艺术家的世界几乎没什么不一样，没有人在过正常的家庭生活，大家脑子里总是充满奇奇怪怪的东西，而且行事慷慨大方。这些艺术家们，不管多么的虚荣和爱吃醋，却把工作伙伴照顾得无微不至，有人成功了，大家会为他鼓掌喝彩，他们会义无反顾帮忙照顾患有肺病或生活困苦的女演员的小孩。一般而言，他们大多读书不多，大多笃信宗教，非常迷信。他们之中有些人领有津贴补助，这是比较突出的一部分，很值得我们尊敬，他们也有资格与将军或亲王同桌用膳，经常演出杰作。他们的回忆录自成一格，可传之千古，所穿过的戏服也值得流传后世，以资凭吊。

至于犹太人，布瓦尔和佩库歇并没有忽略他们（他们要无所不包），可是却很不喜欢和他们打交道。他们年轻时大多在德国以卖看戏时用的望远镜为生，来巴黎之后仍然重操旧业——他们秉持大公无私精神做生意，颇受欢迎——他们从事某些特殊行业，使用的词汇很奇怪，也很不可理解，被视为犹太人的屠夫。他们每个人都有一个鹰钩鼻，看起来也非常聪明的样子，本性可不怎么好，大多唯利是图。他们的女人大多很美，虽然看起来有一点柔弱，却都感情丰富强烈。天主教徒应该多跟他们学习！可是为什么他们累积那么多财富，却都藏起来？他们组织许多秘密团体，比如耶稣会和共济会。他们藏了许多金银财宝，没有人知道藏在哪里，据说是为了某种神秘骇人的目的而储藏的。

二、热爱音乐

布瓦尔和佩库歇既不喜欢骑脚踏车，也不喜欢绘画，他们就把心力投注在音乐上面。佩库歇倾向偏好传统和秩序，这时也只得接受当代放荡的歌曲和《黑色多明诺》这样的音乐；布瓦尔偏向当代具有革命性的音乐，他会说"瓦格纳至上"。事实上，他可能没有听过"柏林的嚷叫"（佩库歇如此称呼这种音乐，显然是爱国心作祟，或是数据源错误），这类音乐在法国是被禁止的，但在音乐学校却随时随地都可以听到，在科隆则是若隐若现，在拉姆勒方兴未艾，至于慕尼黑，则还看不到半点影子，虽然那里的传统并不是那么稳固，在拜罗伊特，只有那些爱装高尚的人受到感染。要在钢琴上面弹奏这种音乐会显得很平庸：场景的幻觉是必要的，把乐队隐藏起来也是必要的，藏在大厅或是藏在阴暗处。然而，在瓦格纳的《帕西法尔》序曲部分，要在一开始让听众有一种迅雷不及掩耳的感觉，反而从钢琴开始，乐谱架上的乐谱要特别摆在塞萨·法兰克的笔杆照片和波提切利的画作《春》之间。

在《女武神》的乐谱上，《春之歌》这个部分被小心翼翼地拿掉，在瓦格纳的原始乐谱上，《罗恩格林》和《汤豪瑟》的第一页也是用红笔划掉一些部分，只有《黎恩济》原封未动直接演奏出来。因为当时急着上架演奏，什么都不能动，布瓦尔察觉到了这个，遂萌生出相反的看法。古诺让他觉得想笑，威尔第只是不停在叫喊，他的歌剧会比埃里克·萨蒂的更吵，萨蒂会因此而有所收敛吗？在他看来，贝多芬在创作方法上很接近梅西家的人，毫无疑问巴赫是音乐的先驱。圣-桑缺乏深度，马斯内则毫无形式，他不断跟佩库歇反复强调这个。佩库歇说，他的看法刚好相反，圣-桑只有深度，而马斯内只有形式。

"唯其如此，一个教导我们，另一个对我们散发魅力，但不会提升我们。"佩库歇如此坚持认为。

对布瓦尔来讲，这两个作曲家都微不足道，无法令人看重，马斯内确实表达了某些观念，却粗鄙低俗，倒是很符合我们这个时代的需求。圣-桑拥有某些不错的作曲技巧，可惜都过时了。此外，他们对加斯东·勒迈尔所知不多，无法置评，对另外两个，肖松和夏米娜德，他们就表示非常反对的姿态。夏米娜德是当时极少数的女作曲家之一，佩库歇和布瓦尔竟然违背他们的美学标准，拿出法国传统固有的尊敬女士的骑士风度，把夏米娜德列为当时最杰出的作曲家之一。

布瓦尔是个拥护民主的人，不是个音乐家，他只好摒弃夏尔·勒瓦德的音乐，就像他不愿意在一个有蒸汽火车和脚踏车以及全民选举的进步时代去迁就吉拉尔丹夫人的诗一样，有这个必要吗？此外，他拥护为艺术而艺术的理论，因此也喜欢没有色彩的赌博，还有不变声调的歌唱，他说他无法听勒瓦德唱歌，他发现此人具有一种剑侠的风格、爱嘲笑人的调调，以及一种过气的感伤主义所塑造出来的廉价高雅。

然而，他们最激烈的争论对象还是雷纳尔多·哈恩，他和马斯内的关系很亲密，因此不断引发布瓦尔对他的尖刻批评，但这反而成为佩库歇偏爱他的首要理由。而布瓦尔喜爱的诗人维尔伦却又为佩库歇所不喜，可这一点恰恰又是布瓦尔所喜欢之处。"好好研究雅克·诺曼、苏利·普吕多姆和博雷利子爵，谢谢老天，在这个行吟诗人的国家，我们再也不需要其他诗人了。"布瓦尔带着爱国主义口气再补充道。他认同他那带有日耳曼风味的姓哈恩和法国南方风味的名字雷纳尔多，他宁可讨厌瓦格纳，也不要去喜欢威尔第，他一边下结论一边转向佩库歇说道：

"多亏你这些英俊先生们的努力，我们法国终究还是一个讲究清晰明朗的美丽国家，我们的音乐必须注意清晰明朗与否。"布瓦尔说着还用力敲了一下桌子，借以表示他的加强语气。

"你老是排斥芒什海峡对岸，还有浓雾弥漫的莱茵河对岸，也从来不看看孚日的另一头！"佩库歇看着布瓦尔，以坚定的语气暗示道，"我不想为爱国主义讲话，要不是为了祖国的缘故，我还真怀疑瓦格纳的《女武神》在德国会不会受到欢迎……但是在法国人听来，却会像是地狱般的酷刑——非常的刺耳难听！这刺伤了我们国家民族的自尊，这出歌剧充满不协调的声音，还有邪恶的意象！先生，您的音乐充满恶魔，真不知道是怎么写出来的！——就自然本身来讲，应该着重在单纯上面，您却以恐怖为乐。德拉福斯先生曾为蝙蝠写过一些音乐，他的胡言乱语并未损害钢琴家的固有声誉，他为什么不写些关于鸟的音乐呢？如果写麻雀，可能更适合巴黎的风味，燕子比较轻快也比较高雅，云雀可能更符合法式的高尚风味。据传闻罗马时代，恺撒远征高卢时曾命令士兵用钢盔烤云雀来吃，怎么会去写蝙蝠呢？法国人向来偏好坦率和清晰明朗，他们讨厌这种阴郁的动物。在孟德斯鸠的一些诗里，都会跳过对无聊贵族老爷的描写，何况是令人讨厌的小动物，还用在音乐上！袋鼠的安魂曲如何？……"布瓦尔很开心地开了一个玩笑，"你不得不承认，我把你惹笑了，"佩库歇说道（他并未扬扬得意，他知道，他们的玩笑话对聪明人而言，都是可以接受的），"好，咱们就这么说定，你不要再反抗啦！"

布罗伊夫人的忧郁夏天

亚丽安娜，我的妹妹，什么样的酷烈爱情竟让你被丢弃在岸边死去！

一

弗朗索瓦丝·德·布罗伊那晚一直犹豫不决，不知道是要去参加伊丽莎白·A公主在歌剧院附近的宴会，还是去看利夫雷的戏剧演出。

此刻她已在朋友家里用过晚餐，大家离开餐桌已经有一个小时了，大约可以离开去参加别的宴会了。

她的好朋友热纳维耶芙决定要去参加A公主那边的晚宴，可是不知道为什么，布罗伊夫人老是想要另一个选择，除此之外还有第三个选择，那就是干脆回家睡觉。可就在此时外边有人宣布马车备好了，她这时还是下不了决定。

"真是的，"热纳维耶芙说道，"你真不够意思，今晚雷兹凯会在Ａ夫人那里唱歌，你知道我喜欢听他唱歌。再说，你今晚要是能去伊丽莎白·Ａ公主那儿，意义也是很重大的，想想，你今年一次都没去过她的宴会，和她是有些疏远了，你这样子做，是很不够意思的。"弗朗索瓦丝的丈夫已经死去了整整四年，她今年才二十四岁，她已经守寡四年了。这些年来她和热纳维耶芙几乎是寸步不离，感情十分亲昵，说实在的，是不该为难她。这样想着，她就不再抗拒了，当下跟屋子主人道声再见，并跟其他客人说抱歉，不能跟巴黎最有魅力的女主人多玩一些时候，实在很遗憾，之后她吩咐仆役道：

"咱们去Ａ公主家！"

二

Ａ公主家的宴会非常乏味，隔了一会儿之后，布罗伊夫人问热纳维耶芙道：

"刚才带你去自助餐台的那个年轻人是谁？"

"我可不认识他，但我知道他叫拉朗德先生，你想认识他是吗？他刚才还要求我介绍你给他认识，他说你很漂亮，但我一直敷衍他，因为我觉得他很微不足道，也很无趣，我怕让你们互相认识之后，他会对你纠缠不休。"

"喔，真的！不，"弗朗索瓦丝说道，"他看起来是有点丑，也有些粗俗，可是他的眼睛很漂亮。"

"你说得对，"热纳维耶芙说道，"你以后会有很多机会碰见他，等你认识了他以后，你一定会感到很别扭的。"

接着她又说，带着开玩笑的口吻：

"如果你想现在认识他，这可真不是个好时机啊！"

"我说是好时机。"弗朗索瓦丝说道，说着就转身想别的事情。

"不管怎么说，"热纳维耶芙说道，"与其当个不称职的中间人，无缘无故剥夺那位年轻人的乐趣，事后为此而后悔，不如做个好人，何况这也差不多是这一季的最后晚宴了，做个顺水人情并没什么不好。"

"就这么办，咱们等他走过来。"

他并没走过来，他一直待在客厅的另一端，面向她们。

"咱们该走了。"隔了一会儿热纳维耶芙说道。

"再等一会儿。"弗朗索瓦丝说道。

既然这位年轻人已经对她的女伴说过她很漂亮，她就打算借机对他稍稍卖弄一下风情，她把眼睛转向他并不停地瞪着他看。在瞪着他看时，她尽量流露出很温柔的样子，她自己也不知道为什么要这样做，是为了乐趣，为了施舍的乐趣，或是为了表示一点点骄傲，或是什么意思都没有，就像有些人为了好玩，喜欢在一棵树的树干上刻上自己的名字，让后面的人知道他曾到此一游，也像有人喜欢把自己的名字写在纸条上，放进瓶子里丢进大海，只是为了好玩而已。时间一分一秒过去，时候已经不早了，此时拉朗德先生正往大门口走去，他走出去之后，大门并未随后关上，布罗伊夫人看到他走到门厅的尽头，把号码牌递给衣帽间的管理员。

"你刚才说对了，咱们是该走了。"她对热纳维耶芙这样说道。

她们起身准备离开，恰巧这时热纳维耶芙的一位朋友拉住了她，有话要跟她讲，布罗伊夫人只好自己先行走向衣帽间，她看见拉朗德先生一个人还在那里，正在找他的拐杖，布罗伊夫人很高兴能够借机好好再看他最后一眼。这时，拉朗德先生和她擦身而过，两人的手肘轻轻互相触碰了一下，他的双眼闪闪发亮，就在他假装忙着寻找他的拐杖的当儿，她听到他说：

"到我家来，皇家街五号。"

她感到很意外，看到他还在继续找拐杖，她这时无法确定刚才听到这句话是否出于幻觉，她顿时感到很惊骇。这时她听到A公主的丈夫在大声叫她，想和她确定隔天一起去散步的时间。就在他们谈话时，拉朗德先生离开了，热纳维耶芙这时也走了过来，和弗朗索瓦丝也一起离开了。布罗伊夫人一路上没说什么，只是心里却感到既惊骇又有受到奉承的感觉，但还是装出一副若无其事的样子。两天后，她无意间又想起拉朗德先生那晚说的那句话，到底是真的，还是幻觉，她努力回想当时的情况，却无法真正记清楚。她只是觉得当时好像是在梦中，而且手肘的触碰似乎也只是一种偶然的错觉。她决定不再去想拉朗德先生，可是偶然间她一听到有人叫出拉朗德先生这个名字时，便立即想到他的整个样子，而立刻觉得那晚发生的事情绝不是幻觉。

在本年度最后一季的最后一次晚宴里（六月的最后一天），她又见到了他，但是却不敢要求任何人来帮她介绍，即使她现在看得更清楚，他不但长得丑，样子也并不聪明，她还是觉得自己喜欢他，这样想着，就跟热纳维耶芙说道：

"你还是帮我介绍一下拉朗德先生，我不想太唐突，可别说是我主动要求跟他认识，这样我会觉得不好意思。"

"现在没看到人，等一下看到了咱们就来。"

"那好，你就找找看吧。"

"也许他已经离开了。"

"不，"弗朗索瓦丝迫不及待地说，"现在时候还很早，他不可能已经离开，啊！已经半夜十二点啦，还是可以试试呀，亲爱的热纳维耶芙，没那么困难的。那天晚上你试过要为我介绍不是吗？现在我求你，我还在兴头上哩。"

热纳维耶芙看了她一下，感到有些讶异，随即离开为她去寻找拉朗德先生，可他的确已经离开了。

"我说得没错，他是已经离开了。"热纳维耶芙回到弗朗索瓦丝旁边说道。

"我觉得不舒服，"弗朗索瓦丝说道，"头有点痛，咱们赶快离开这里吧。"

三

弗朗索瓦丝现在不会错过歌剧院的任何一个节目，每场宴会也一定会出席，心里抱着一线希望，期待能再碰到拉朗德先生。两个星期过去了，完全看不到对方踪影，她有时半夜醒来，忍不住会想来想去，看看有没有其他方法可以再见到他。她心里老是不断告诉自己，他这个人乏味无趣，长得又不好看，可她老是不停地想他，想得比她所认识的更聪明、更英俊的男人还要多。这一季的社交活动要结束了，看样子是不可能再有什么机会见到他了，她觉得她必须拿出行动来，不必再想那么多了。

一天晚上，她对热纳维耶芙这样说道：

"你好像对我说过你认识拉朗德先生？"

"雅克·德·拉朗德先生？可以说认识，也可以说不认识，有人为我们介绍过，他没留名片给我，我和他也没什么来往。"

"有件事我想对你说，这件事对我来讲可有可无，但我多少有一些兴趣，一个月前我绝对不会对你透露这个（她现在为了掩盖这个秘密，不得不说谎，一想到这个秘密，她就感到甜蜜）。是这样，我想和他认识并和他来往，如今这个社交季节就要结束了，大概不太可能再遇到他了，你能不能想个别的什么法子，让我可以和他认识。"

女性之间的友谊互动总是这样，比如弗朗索瓦丝和热纳维耶芙两人之间，当两人都以纯真和诚挚的态度相待时，总是可以掩盖住愚蠢的好奇心，而这种愚蠢的好奇心正是一般人都会有的，目的是无耻寻乐。就热纳维耶芙而言，她从来不会去怀疑或询问她的好朋友心里有什么不良企图，她想都没想过。

"很不巧A夫人已经离开了，只剩下格鲁梅洛先生，可是他能做什么呢？要跟他怎么说？啊，我突然想起来，拉朗德先生会拉大提琴，拉得极糟，但这不是问题，格鲁梅洛先生很喜欢他，就由他出面帮忙吧，虽然他看起来也很蠢，倒是会很乐意去满足你的愿望。只是你向来和他没什么来往，你也不喜欢去利用一向被你看轻的人，就我所知，你根本就不想邀请他来参加你明年的夜宴。"

这时弗朗索瓦丝脸颊一红，叫道：

"我从未这样想，全巴黎的混蛋都来参加我的宴会，我也不会介意啊！赶快，我最亲爱的热纳维耶芙，请你好心帮帮忙！"

热纳维耶芙立刻写了一封信：

先生，您知道我从不放弃寻求取悦我的好朋友布罗伊夫人的机会，布罗伊夫人是谁您是知道的。我们都很喜欢大提琴，她不止一次在我面前表示，她为从未听过拉朗德先生拉大提琴而觉得遗憾，我们知道您是拉朗德先生的好朋友，不知有没有可能由您出面邀请他来为我和我的朋友演奏一次？现在大家都很闲，希望这一要求不会给您带来不便，您如能做个顺水人情答应我们的要求，那就实在是太好了。最后附上我对您的愉快记忆！

阿莱里奥夫尔·比弗尔　敬上

"立刻把这封信带去格鲁梅洛先生家，当面交给先生本人，"弗朗索瓦丝对着家里的一位仆人说，"不必等回音，但要确定他是不是当着你的面读了信。"

第二天，热纳维耶芙把格鲁梅洛先生写来的回信带给布罗伊夫人看，信上这样写着：

夫人，很高兴知道你们会想到拉朗德先生，认为他能够满足您和布罗伊夫人的愿望。布罗伊夫人我有些认识，但是不熟，请转达我对她最大和最热诚的敬意。同时，我要在此表达我的绝望，一桩小小的意外使得拉朗德先生在两天前就已离开巴黎前往比亚里茨，而且，哎呀，这一去就要在那里停留几个月。

敬请接受我的歉意。

格鲁梅洛　顿首

弗朗索瓦丝一读完信，脸色霎时一阵惨白，迫不及待奔入房间，立刻把门锁上，整个人颓然地靠在门上，眼泪霎时夺眶而出，伤心地啜泣起来。本来一心一意想着和拉朗德先生见面认识的浪漫事宜，以为会心想事成，这些天来一直很兴奋地想着这件事情，不想现在却落得如此下场。她原以为一切会按照她的愿望发展成她所期待的样子，然而事情竟会发展成现在这个样子，实在是大大超乎她的想象和理解。另一方面，她自己也不能理解，怎么会在自己身上无端衍生出那么多不可理喻的幸福感，还有忧郁感，像一股热流在她身上到处流动，她实在一点都不理解这种情况是怎么发生的。现在她好像被连根拔除，使一切变为不可能，她感到恍如被撕裂一般，处在一种好像突然被当头棒喝的痛苦境地之中，从虚幻的期待中惊醒过来，冷不防看清了她爱情的现实处境。

四

弗朗索瓦丝现在开始从她每天的生活乐趣中退缩了下来，她不再和母亲或热纳维耶芙一起欣赏音乐或阅读，或是一起散步。她觉得生活中的一切都索然无味，忧愁和痛苦漫无止境。她曾经想到去比亚里茨会见拉朗德先生，但这似乎不太可能，除了巴黎，她哪里都不会想去，即使可能，她的这一疯狂举动也会让自己在拉朗德先生心目中大为贬值，越想越觉得无奈。现在，连她自己都不了解怎么会走到这样饱受折磨的境地，但她知道这样的折磨会持续几个月，直到最后自行痊愈。在这之前，别期待会有一个睡好的夜晚。就在此时，她开始担忧起一件事情，拉朗德先生说他将在比亚里茨待上几个月，可这中间他极有可能会偶尔回来一下巴黎，在她不知道的情况下，可能和他错过了，连带幸福也泡汤了。这样想着，她就派一个仆人前去拉朗德先生在巴黎住的地方，跟门房打探消息，结果是一问三不知。几乎无计可施，她的忧愁越来越深，简直到了像是面临世界末日一般，她甚至怀疑自己会不会干出什么蠢事来。她想到写信给他，然后冷静下来，也就没写，但至少要让他知道她曾经尝试过和他见面接触，因此她给格鲁梅洛先生写了一封信：

　　先生，比弗尔夫人告诉过我您的友善回应。

　　我很感动并由衷感谢您的善意，但我还是担心一件事，那就是希望拉朗德先生不要觉得我冲动鲁莽。我很怕他会这样想，但盼您能帮我探询一下他是不是这样想的，然后把实情告诉我，您如能这么做，我将由衷感激不尽。再一次谢谢您，先生。

　　最后敬祝一切安好愉快！

弗拉吉尼丝·布罗伊　敬上

一个小时之后，仆人为她带回这封回信：

> 请勿担忧，夫人，拉朗德先生并不知道你们曾邀他演奏大提琴这件事情，我只告诉他希望能够寻找一个适当日子来寒舍演奏大提琴，但我没告诉他有谁要来听他演奏。他从比亚里茨来信跟我说，他要到明年元月才能回到巴黎，特此告知。能为您效犬马之劳，乃敝人至大之荣幸，区区小事，何足挂齿。
>
> 格鲁梅洛　顿首

至此似已无计可施，她也就不再做什么。但日子实在难挨，她也变得一天比一天忧伤，她自己也不知道为什么会变成这样，还波及她的母亲。她到乡下去散心几天，然后前往特鲁维尔，她在那里偶然听到有人提及拉朗德先生的世俗野心。有一位对她很倾心的王公贵族还对她说："有什么能为您效劳的吗？"她听了很高兴，因为对方语气真挚诚恳，但她立即想象，要是她跟他说，请他为她吞下此刻她心中所有的苦楚，对方一定会惊讶不已，她很想让对方知道，要取悦她很难，这是大的事件，相对而言，较小的事件，比如生活平静或是身体健康，会是较为容易的事情。她只有处在仆人中间才会感到自在，他们都很喜欢她，也了解她，他们静静地服侍她，也知道她正因拉朗德先生而陷入了忧愁和哀伤，但他们绝不会干扰她，绝口不提拉朗德先生，她当然也尽量压抑自己的情绪，装作若无其事的样子。她同时也尽量跟其他人不停周旋，借此减轻拉朗德先生在她心中占据的分量，甚至还要装出无所谓的样子，尽量掩饰心中的苦楚。有时候，在绝望之余，她会又想到写信给他，或是想办法让他写信过来，但是回头仔细一想，他其实根本不算什么，这样做会贬低自己的身份，还是应该避免为妙。不过她今天会陷入如此的折磨，不能说他不算什么，他在她心目中还是很有分量啊！那是一种爱的表现，也许有一天他会反过来重视她并发狂爱她，她相信这一天一定会到来。也许经过一段短时间的亲密相处，他会失去魅力（她不希望如此，也不相信会变成这样，不过以她敏锐的洞察力来看，有一天她心中那种残酷的盲目狂热会被扫除，这不是不可能），目前只得一切顺其自然。也许现在她身上可能发生其他的爱情，她还是不会改变初衷，她身上已经没有剩余的能量去承受其他的爱情，她已全部奉献给了拉朗德先生。果真发生这样的爱情的话，这将会缓和她对回到巴黎的拉朗德先生的爱，但她怀疑这种事情发生的可能性。有时在比较冷静的时刻里，她会用比较客观的角度去分析自己的感情，她会这样对自己说："没错，我一直知道他看起来很平凡，一向就是如此，他也不可能改变什么，我对他的看法不会改变，始终如一，我心目中的拉朗德先生就是这个样子，我为他而活。"像这次的场合，她偶然听到有人提起拉朗德先生的名字，不由分说，她感到既幸福又痛苦，她的一切已经和他紧紧结合在一起，再也不能分开了。她联想到那晚在A公主的歌剧宴会上听到的《歌唱大师》里的一句歌词：Dem Vogel der heut sang dem war der Schnabel hold gewachsen（今天唱歌的那只鸟有一张漂亮的鸟嘴）。不知不觉这已经成为拉朗德先生的中心主题，在她看来，这正是拉朗德先生最真实和最贴切的写照。当她来到特鲁维尔之后，一天晚上在音乐会上偶然再度听到这句歌词时，她的眼泪不禁夺眶而出。有时候，她会把自己关在房间里弹钢琴，一边弹琴一边闭起眼睛好好想他的样子，就像在享受鸦片时的那种迷幻感觉，她觉得无比愉悦。有时候她会停下弹奏，细细品味这种无尽的忧伤和未来身旁的人有可能对她的指摘，指摘她的疯狂和无意义的举动。她不想停下这种举动，一旦开始之后就不想停止。她首先诅咒她的眼睛和自己爱卖弄风情以及好奇心重的本性，不偏不倚指向像拉朗德先生这样的男人，然后像服用吗啡一般把自己麻醉了。她也诅咒自己的想象力，她不断在想象并漫无节制地让自己的爱膨胀，让她变得十分幼稚，折磨自己，也折磨了她的母亲。她也诅咒自己的敏感本性，把漫无节制的敏感本能胡乱投射，然后又无法自我控制，她一直想再见到拉朗德先生，越是不可能，她越是想见到他，几乎是毫无理性地要往对方身上扑去，一心一意要实现这桩不值得的爱情。她已然到了不可理喻的地步，最后像陷入泥沼一样动弹不得。最后她诅咒她心思的细腻高贵，这一禀赋使得她在面对一切情感时，就像她现在处在爱情的旋涡里，就忍不住拿出像诗人的直觉，教徒的狂热心态，以及像面对大自然或音乐的那种深邃情感，不顾一切爬向最顶峰和那无止境的地平线，和对方紧紧拥抱在一起，沐浴在爱的灿烂光辉中，把自己最深层和最高贵的一切奉献给他，好比一间教堂倾其所有，奉献给圣母马利亚那样，她献上她心灵里最珍贵的喜悦和最高尚的思绪，她像在倾听夜晚海洋的哀鸣，她想象着她所无法理解的一切：她诅咒一切无法理解的事物的神秘性，我们沉浸在其美丽的神秘之中，好像太阳在海平线慢慢下沉，把我们的爱情加以深化、精神化，然后不断加以扩大，无限延伸，让它不再那么折磨人。好比波德莱尔在诗中所形容的日光将尽的秋日午后：像浓得化不开的愁绪，弥漫在无限广阔之中。

五

　　天亮后，他一直躺在岸边的海藻里，精疲力竭，像一支箭射在他的肝脏上面那般，他压着内心最深处被爱神所造成的像火在燃烧一般的伤口。

——泰奥克利特《独眼巨人》

前不久，我才在特鲁维尔再度遇见布罗伊夫人，她不像以前那么快乐，没有方法能够治愈她。如果她是因为拉朗德先生长得帅或看起来聪明而爱上他，我们就很容易找到一个比他更帅、更聪明的年轻人来把她吸引走，或者说，如果是基于拉朗德先生对她最诚挚的爱，让她感动而离不开他，我们也很容易找到一个更诚挚、更爱她的人来吸引住她，可叹事实并不是这样。拉朗德先生既不帅又不聪明，他也从来没机会表现他是否对她诚挚或真正爱她，但她就是爱他，爱的既不是他身上的什么优点或是什么迷人的魅力，即使他看起来那么不完美，简直就是平凡到极点，但她就是爱他，不顾一切的爱他。她自己也搞不清楚为什么会这样，她知道他对她代表什么意义吗？除非他能证明他有某种震撼人心的特质，身上具有某种说不出的、其他男人所没有的举世无双的迷人特质，一般世上长得帅或聪明的男士身上反而不会具有这样的特性，它是那么独特，那么不可理喻。要不是那晚热纳维耶芙的关系，无心把她带去A公主家的宴会……这一切也就不会发生了，但环境就是这样，把她束缚住了，把她囚禁了，她简直就是无药可医，这一切没有道理可说。诚然，此刻拉朗德先生正在比亚里茨的海滩散步，一个平凡的生命，心中怀抱卑微的梦想。他如果知道此时有另一个生命，一位美丽高贵的年轻女性，正在如痴如狂地迷恋他，全心全意倾心于他，而且还坚决地、不屈不挠地付诸行动，他必定会感到异常的惊讶。同时，他如果知道，像他那样平凡到在他的同侪中极少引人注意的人，竟会在某个著名沙龙或某个重要场合里，在一群杰出人物中由布罗伊夫人口中说出他的名字，而其他人和他相比简直就是一无是处，恐怕也会惊讶不已。

要是布罗伊夫人和某个诗人一起散步，或是和某位大公夫人一起用餐，或是离开特鲁维尔去山上或去乡间远足，不管是自己一个人或和朋友一起，上下马之间或睡觉时，脑海中总会不自觉地或不可避免地浮现出拉朗德先生的名字和影像，就像天空老是挂在我们头上一样，我们一点都不会感到奇怪。她向来讨厌比亚里茨这个城市，她发现那里每个人都面目可憎，她倒是担心拉朗德先生去了那里，没有人认识他，很可能会惹那些人讨厌。她当然没有理由憎恨那些人，也不能要求他们为她做什么，她只是不断询问他们。让她感到吃惊的是，竟然没有人能洞悉她的秘密。她的房间装饰着一张很大的比亚里茨的照片，她想象拉朗德先生就在那里头，她去散步的时候，并未看到有哪个男人具有拉朗德先生的特点。要是她能够知道他所喜欢或他自己会演奏的那些没水平的音乐，那就好了，比如最糟的浪漫曲，她会乐意去热衷演奏，即使取代她心目中贝多芬或瓦格纳的音乐，她也会乐意接受。那个曾经占据她整个思维的形象，她也只不过见过两三次而已，有时候竟会在她的外在生活中变得不是那么鲜明，甚至在她的记忆里也变得不是那么活泼有劲，甚至都令她感到厌倦了。她一直未再见到他，再也记不起他身上的特点，他的轮廓，连她记忆最深刻的那双眼睛，现在也都变模糊了。然而，那只是生活中的某些清醒时刻而已，他的整个形象大部分时间还是盘踞在她的思维里。她思维中的疯狂成分，也许有一天会消失，但是现在，她心中还在燃烧的欲望，也就是折磨她的源头，以及不安和苦恼，至少还在纠缠着她。总之，拉朗德先生的意象至少在目前是不会那么快消失的，她的苦恼还是反复不断地出现，甚至还成为一种乐趣。

布罗伊夫人要等到一月才能回到巴黎，这段时间她如何忍受呢？到时候他会在那里吗？她留在这里要做什么呢？还有往后呢？

至少有二十次，我曾想过前往比亚里茨去找拉朗德先生，把他带回巴黎，下场也许会很糟，我倒未想那么多，只是布罗伊夫人可不会答应让我这么做。我从头到尾觉得这桩爱情太不可理喻，我看到她太阳穴都被折磨到快爆开了，看到她那样痛苦万分，我心里实在觉得非常难过。我猜想，她自己大概也喜欢这样苦恼的生活模式。她想象他有一天突然来到特鲁维尔，来到她面前，跟她说他爱她，她看着他闪闪发亮的双眸，他用梦一般的空洞语言和她说话，她听不懂他在说些什么，因为他就像出现在梦中，根本就没有人能听懂他在说些什么。他全身闪闪发亮，令人感动怜悯，命运之神把他们联结了起来。突然，他们又分开了，现实世界和她的欲望各行其是，以平行方式往前运行，只能在黑暗中偶尔交叉在一起，然后她醒了过来。有时她会回想起那晚在A公主家门厅的那一幕，他们的手肘无意间互相触碰，他给她提供了幻想的空间，想象两人之间的肌肤之亲，她可以感受到一种绝望和反叛抗拒的喊叫，就像一艘船要沉没时人们的喊叫一样。有时当她在林间或海滩上漫步时，享受着沉思或梦幻的乐趣，她想象着阵阵微风徐徐吹来，夹带一股香气，让她一时间忘记了忧愁，也猛然挑起她心中的一缕痛苦哀愁。在那无尽的模糊高空中，或在那无边的海平线之外，她瞥见了那形貌不定的她的征服者，两眼闪闪发亮，尖锐的目光穿透云层，往她身上照了过来，好比那天他对她所做的那样，对她射出一箭之后，带着他的箭袋逃之夭夭。

一八九三年七月

画家和音乐家的画像

画家的画像

阿尔伯特·库普

库普，夕阳溶解在清澈的空气中

几只灰色野鸽从水面掠过，

夹带金色的湿气，在一头牛的额头或一株桦树上

撒下几丝光芒，

白日里的蓝色香气弥漫在山丘上，

沼泽的轻烟飘荡在广袤的天空中。

骑士们蓄势待发，帽子上插着玫瑰色的羽毛，

手持盾牌；清新的空气让他们的皮肤微微泛红，

同时也让他们的金黄色扣子鼓了起来，

他们走向芬芳的田野，迈向清新的波浪，

一群牛不为他们的步伐所扰，

它们窝在金色雾中睡觉做梦，

他们昂首离去，迈向深处。

保卢斯·波特

整片灰色天空底下弥漫着阴郁的哀愁，

在难得的明亮中还是透露着深深的哀伤，

全都洒向已经冻僵的平原上面。

穿透平原底下阳光照射不到的地方那微温的眼泪；

波特，阴暗平原的忧郁情绪，

无止境地延伸，没有欢乐，也没有色彩，

树木和小村庄没铺下阴影，

空洞的小花园里看不到花朵。

一个园丁手提水桶走进来，

他那匹体弱乖巧的母马也是忧心忡忡，犹在梦中，

忧虑着，它抬起它那沉思的头颅，

呼着气和强劲的风互相交融着。

安托万·华托

夜幕低垂，暮色笼罩着树木和大地，

他披着蓝色大衣，在那模糊的面具底下，

嘴角还残留着接过吻的痕迹，

海浪变得温和，一切显得既近又远。

化装舞会，另一个遥远的忧郁，

装出错误的爱的姿态，既忧伤又迷人。

诗人的多情善变——或是情人的谨慎小心，

爱情需要适度的装饰——

这里有一艘小舢板，点心，寂静和音乐。

安东尼·凡·戴克

心中的温柔骄傲，事物的贵气高雅

都在眼中闪闪发亮，天鹅绒和木头，

漂亮的语言提升风度和气质

——女人和国王的高傲遗传——

你胜利了，凡·戴克，姿态冷静的王子，

这些漂亮的人不久都会死去，

这些漂亮的手都会张开伸向你；

不要怀疑，——有什么关系？——她会张开手掌伸向你！

骑士停了下来，在一棵松树底下，在一条河流旁边

像他们一样冷静——冷静得快要潸然泪下——

皇室的小孩生来就代表高贵与尊严，

衣饰十分华丽，帽上的羽饰更是熠熠生辉，

还有金饰，闪烁发亮——像炉火一般燃烧不尽——

然而灵魂里还是充塞着苦涩的眼泪，这眼泪

太高贵了而不会含在眼里让人看见；

你高高在上，睥睨四方，

穿着暗蓝色衬衫，一手放在腰间，

另一旁则是一盘刚采摘下来的丰盛水果，

我梦见你的姿势和眼睛，却不了解。

你站着，好像在休息，在这阴暗的休憩房间里，

里奇蒙公爵，喔！年轻的智者？或是有魅力的疯子？

我总是想起你：像你脖子上的一颗蓝宝石，

望着温和的火焰，你的眼神变平静了。

音乐家的画像

肖邦

肖邦，叹气、眼泪以及呜咽的大海，

像蝴蝶那样不停地飞来飞去，

不是和忧郁玩游戏就是在水上跳舞。

做梦，爱，受苦，呼喊，痛苦，诱惑和抚慰，

你总是在每个痛苦之间跑来跑去，

令人晕眩的遗忘和你那温柔的善变

好像蝴蝶从一朵花飞到另一朵花；

你的忧愁和喜悦始终如影随形：

旋涡的力道增添眼泪的渴望。

月亮和苍白的水，还有温柔的伙伴，

绝望的王子或背叛的大领主，

你照样兴奋狂热，苍白可能更美，

阳光洒满你整个的病房，

阳光对着你哭泣，你却微笑，然后痛苦……

懊悔的微笑和希望的眼泪！

格鲁克

爱情和友谊的寺庙，勇气的寺庙，

一位女侯爵在她的英国园林中升起这个意象，

华托早已在那里的拱门底下包覆过多少爱，

以愤怒的笔调画过多少光辉灿烂的心灵。

德国的艺术家——她曾经梦过克尼德——

他曾经以毫不做作的自然手法雕刻许多作品，

比如你在教堂檐壁上所看到的情人们和众神：

大力士赫拉克勒斯和他在阿尔米德花园里的柴堆。

跳舞的脚跟再也不拍打那条小径，

眼睛和微笑的灰烬早已熄灭，

我们缓慢的脚步声发出轻微的回响，响彻远方，

大键琴的声音已经消失或变得沙哑。

但你们的呼叫虽也变哑，阿德墨托斯，伊菲姬妮，

我们仍受惊吓，却以手势大声说出，

而且，被奥菲斯所弯曲或为阿尔切斯特所顶撞，

你乘坐斯提克斯号小船——既无桅杆亦无天空——你却在

那里打湿你的天才。

格鲁克和阿尔切斯特一样，在一个变化多端的时代里，

透过爱情征服了不可避免的死亡；

他站在那里，勇气的巨大神庙，

他站在爱情小神庙的废墟上面。

舒曼

老花园已经向你伸出了友谊之手，

听到男孩们和群鸟在草堆里吹口哨，

爱情让人疲惫不堪，还有那么多的阶梯和伤口，

舒曼，爱幻想的士兵，战争欺骗了他。

快乐的微风渗透着大地，几只鸽子飞过，

茉莉的香味和大胡桃的阴影，

小孩在客厅火炉旁的火焰下读着未来，

浮云或微风对着你已埋葬的心说话。

以前你会对着嘉年华的喊叫声流泪，
然后对着胜利的苦涩糅合它们的温柔，
这一胜利的疯狂冲撞仍在你的记忆里微微颤动；
你可以不停流泪：她属于你的情敌。

在科隆的莱茵河，圣洁之水潺潺而流，
啊！河岸边的庆典日子是多么快乐啊！
你们都在唱歌！——破碎的忧愁，你竟睡着了……
天下着雨，眼泪布满光亮的阴暗角落。

梦见活着的死人，信心的崩溃，
你的希望在花朵上面，他的罪愆则在尘埃上面……
然后要把你叫醒，或是由第一声的雷鸣，
把你从睡梦中惊醒。

水流动着，香气散发着，鼓声络绎不绝，美丽壮观！
舒曼，啊！灵魂和花朵的知音，
在你那河流的快乐岸边和许多痛苦之间，
静静的花园，深情款款，清新和忠诚，
百合花互相拥抱亲吻着，月亮和燕子，
武装前进，小孩做梦，女人哭泣！

莫扎特

一个意大利女人手挽着一位巴维尔亲王的手臂，

亲王忧郁而冷漠的眼神在不断迷惑他的忧愁！

在他那寒冷的花园里，他把手放在胸口上，

挺起壮硕的胸膛，面向一片阴暗，不停吸收阳光。

他那温柔的德意志灵魂——深深叹气——

终于体尝到被爱的懒散芳香，

他的手过于纤细而无法把握

他那美丽的头颅所散发的希望光芒。

可爱的天使，唐璜！远离逐渐凋谢的遗忘，

站在一片芳香上面踩着花朵，

微风吹散芳香却无法吹干眼泪，

从安达卢斯的花园吹向托斯卡纳的阴影！

德国的公园弥漫着如轻雾一般的烦闷，

那个意大利女人还是今晚的王后。

她的呼吸使得空气清新芳香，

他那醉人的笛声一滴一滴倾诉爱意，

在这燠热的阴影里，倾诉着依依别情，

新鲜可口的冰冻果汁，亲吻，以及天空。

一位年轻女孩的告白

肉欲的渴望把我们带着团团转，然而事后你得到了什么没有？良心的懊悔和精神的颓丧而已。我们轻易跌入欢乐，却总是带着抑郁的心情离开，晚上欢乐，早上沮丧。因此肉欲的欢乐以愉悦始，却总是以伤害终。

——《耶稣行传》（第一卷第十八章）

一

人们在遗忘中寻找错误的欢乐，

因为醉酒而失去童贞，

紫丁香的温柔香味。

——亨利·德·雷尼埃

终于快要解脱了，我很笨拙，我不会射枪，差一点死掉。要是能当场马上死掉，可能会好一些，结果子弹取不出来，必须等八天。八天不算太长，这之间我什么都不能做，只能抓着那条可怖的链子。我要不是很虚弱，要是能够自由移动，我很希望能够跑去"遗忘之乡"，然后死在那里，或是跑去公园，撑两个礼拜再死在那里。不管跑去哪里，都再也见不到我母亲，她现在不在我身旁，可是难道她对我的爱不是最坚定、最热络和最不可动摇，且始终如一的？

我的母亲在四月底曾带我去"遗忘之乡"，她只待了两天就离开，然后在五月中又来待了两天，到六月的最后那个礼拜来把我带走。她每次来待的时间都很短，显得既甜蜜又残酷。短暂逗留期间，为了滋养我那羸弱的身体和平复我那脆弱的心灵，她总是尽其所能呵护我和照顾我，而这些她在平时是很吝于施舍的。她来"遗忘之乡"的那几个晚上，睡前她总会来到我的床前道晚安，这是很久以前的旧习惯，她已经很久没这么做了，如今她又恢复这么做，让我觉得很快乐也很感动。我以前常会因为她忽略这个习惯而睡不着，如今她又这么做，一方面我觉得很快乐，可另一方面却又觉得痛苦。因为她现在这样做又唤起了我以前痛苦的记忆，以前她不来我床前道晚安时，我是多么痛苦，却又不敢提醒她，我不想让她知道我很期待她的呵护和温情。我只好寻找借口，说我的双脚冰冷得很难过，她只好来我床前，用她的双手搓热我的脚……我会为此而在心里感激她，但就是不懂她有时又要装出对我冷淡的样子。她每次来看我要离开时我总是会感到很绝望，我会拉着她的衣服不放，一直走到马车旁边，我恳求她带我一起去巴黎，我装出很渴望的样子，她不为所动，甚至还骂我"蠢！荒谬！"。她要我好好学习控制自己的情感，我至今仍能深深感受她每次来看我要离开时，我忍不住所流露的那种强烈情感（那种情感刻骨铭心，持续至今），然后我发现，她的感情强烈程度并不亚于我，她只是压抑了下来而已。因此，她对我的温柔感情很少表现出来，最多只表现在我因病住在"遗忘之乡"，她来看我之时，有时意外来访，更增添我的兴奋快乐。她毫不掩饰或压抑她的柔情蜜意的时候，我会更加地高兴愉悦。事实上，她的这种温柔态度比我病情的好转更能带给我快乐。我甚至想到，当我的病痊愈之后会不想离开这里，因为我会舍不得她来看我时所表现的那种温柔感觉，因为回去之后她可能会恢复以前的严厉和冷淡。

我住在"遗忘之乡"之前暂时借住在舅舅家。有一天，我的母亲来看我时，他们却把我藏了起来，因为我正好和小表哥在一起，不能立刻去见母亲，但我却迫不及待想要赶快见到母亲。这样的故弄玄虚可能是我这个年纪的青少年喜欢搞的节目，但我并不喜欢这样。我的小表哥十五岁，我十四岁，他老是喜欢在我面前讲些猥亵淫荡的事情，让我觉得肉麻而觉不堪入耳，既讨厌又爱听。他有时还会伸手爱抚我的手，激起我的快感，我无法忍受就愤而离开，我就跑去附近一个巴黎的公园，我知道我的母亲会在那里，我在小径上到处找她，尽情喊叫她。就在一条林荫小径的前面，我看到她坐在一张椅子上面，微笑着对我张开双手。她拿下面纱与我拥抱，我亲了亲她的面颊，眼泪跟着流了下来，我哭了很久，并跟她述说最近发生的事情，比如我这个年纪不该听到的邪恶事情，她很专注地听，却好像听不懂我在讲什么，甚至根本就故意加以忽略，这倒减轻了我良心上的不安。我的良心不安慢慢解除了，我那破碎屈辱的灵魂得以慢慢恢复，变得和原来一样坚定有力。不久我可以感觉到我鼻孔呼出来的气都充满了香味，既新鲜又纯洁，事实上我闻到的是藏在我母亲背后一枝紫丁香所开的花朵散发出来的香味。往上看去，几只栖息在树枝上的鸟儿正在高声歌唱，再往上看去则是一片蓝色的天空，一望无际。我抱着我的母亲，从未如此感到温暖，她明天就要离开，对我来讲，这次离开会比前几次更为残酷。这次我再也无法承受她的离去所带来的苦恼和难过，因为我心中充满罪恶的感觉。

所有这些分离不约而同地告诉我一个事实，那就是有一天我们终将永远分离。尽管我当时无法预见我会死在她后面，我决定只要她一离去我就自杀。不久之后，我发现即使只是短暂的分离，都可能给我带来极大的痛苦，但我可以慢慢适应，不久之后就不再感觉痛苦了。我现在反而常想起我和母亲一起吃早餐的小花园，还有在那里沉思默想的时刻，这些沉思默想经常是有些哀伤的，像徽章一样严肃，却又柔软光滑，有时是淡淡的紫色，有时又像紫罗兰，几近黑色，或是透露着神秘而高雅的黄色，甚至变成脆弱的纯洁白色。这些沉思默想我都保留在记忆里，哀伤不断增加，温柔和光滑则从未消失。

二

这些记忆的清澈水流是如何常常出现在我脑海而毫无污染？这些紫丁香在清晨的香味具有什么特别的魔力，可以穿过层层蒸汽而不会与之混合，也不会削弱味道？哎呀，同时看看我自己，我已经不是从前的我了，我现在已经是灵魂被唤醒的十四岁的我了。我知道我的灵魂已经不属于我，它已经不再听我使唤了，我不认为有一天我会为它感到后悔。它还是很纯洁，我要好好打造它，以便未来可以完成更崇高的使命。在"遗忘之乡"的时候，我常常和母亲在一天之中的炎热时刻，来到河边看水中的鱼与照射在水上的阳光嬉戏，或是早上和黄昏时在田野间散步。我心里想着，拥有她的爱和我对她的孝顺以后，我身上的力量，加上我心中正在蠢蠢欲动的想象力和感情，会慢慢打开我的心扉，即使过去并不如意，我认为我对整个未来还是充满信心的。如果我尽全力冲刺，如果我紧紧拥抱着母亲，像一条小狗那样跑在她前面不远处，或跟在她后面一路采摘矢车菊和虞美人，捧着花并喊叫个不停，这不会增加什么散步的乐趣，但对我跃跃欲试的年轻生命而言，无限延伸我的触角，穿过浓密的树林和划破无止境的天空，摘花和喊叫这小小的行为，却有助于我抒发情绪。如果我带着微醉和炽热的目光，微微颤抖着，把这些花束捧给你，如果你使得我笑和哭，那是因为我曾经在你身上编织许多希望，可叹这些希望如今都破灭了，像你一样，还来不及开花结果，全都付诸东流，归于灰烬了。

对我母亲而言，她最感遗憾的就是我缺乏意志力了，我做任何事情都是出于一时冲动，但由于她理性坚定，我的生活未必能够多好，但大致来讲已经算是不错了。我的一切美好工作计划的执行以及冷静和理性的维持，是我们优先考虑的重点。她头脑清晰冷静，我则是一团混乱，但在我们的合作之下，还是显现了一股强劲的力量。但母亲永远只是一个投射在我身上的意象，我借此意象创造我自己，并注入她身上所有的坚强意志力。

可是我总是会把事情往后拖延，一天拖过一天，事情越堆越多，到最后什么事都做不了。我会感到害怕，几年下来，母亲也看出来，我的这种习惯不可能在一夕之间改变，她也就不企图要改变什么，她不期待能够改变我的生命或是在我身上创造意志力，除非奇迹出现。但是意志力还是不够，还有一样更重要的东西，那就是：意愿。

三

色欲的狂乱风暴

敲打着你的肉体，如一面破旗。

—— 波德莱尔

我十六岁的时候，经历了一次危机，让我觉得非常痛苦。起初，他们为了让我觉得快乐，就带我进入社交界，许多年轻人经常到我家看我。其中有一个显得很变态，也很恶劣，他一方面表现得很温柔，同时又很粗暴，可是我竟然爱上了他。我的父母知道了这件事情之后，并没有特别阻挠我。我会经常想他，想见到他，我终于不得不对他低头，然而也是出于我自己的意愿。他不停引诱我，想把我推入万劫不复的深渊，这时却唤醒了我心中不安的想法，其实这种不安的想法始终在我心中存在着，存在于黑暗的角落里，这时终于全面唤醒了。这段恋情很快就结束了，但我还是很想恋爱，不久又有一些素行不良的年轻人前来，他们变成了我的弱点的共谋者，我觉得良心不安。我的一些好朋友把我带到父亲旁边。他们要让我知道，年轻人都是一个样子，你跟谁在一起，父母都会假装不在意，其实他们是在注意的，我只好用说谎来欺骗他们，甚至用美丽的借口来修饰我的谎言，这似乎是最好的武器。这个时候我除了还可以思考，可以做梦以及可以感觉之外，我活得简直像行尸走肉。

为了驱除这些不良欲望，我开始尽量多到外头走动，我过去已经习以为常的乐趣渐渐变得枯燥乏味，我加入一些群体活动，同时却失去了享受孤独的秘密乐趣，这种乐趣经常把我带向自然和艺术的境界。我从未像这几年那样勤于出席音乐会，过去一段时间以来，过分忙于在一个高雅房间里被呵护崇拜，几乎已经忘了音乐更深入的迷人魅力，我会听，甚至有时很注意听，却无法深入体会其中的奥妙。还有我所喜爱的散步也都一概荒废了。以前很多事情，都会带来许多生活上的愉悦。黄昏时走在田野上，看着一片草地在微弱的阳光底下闪闪发亮，潮湿的树叶所散发的香气，前一晚雨水所留下的最后几滴水珠滴下，那种乐趣已经很久没再体会到了。树林和天空，还有河流，全都早已远离我而去，我和它们之间的对话，以前会让我精神焕发，如今再也体会不到了。河流的水声随时欢迎客人的到访，而树叶和天空，来访问它们的客人必须心灵纯洁无瑕。

起先我在寻求精神疾病的疗法时，反而忽略了这些近在眼前的东西。其实也是挺遥远的，我去寻求世俗罪恶的乐趣，我企盼在世俗的环境中重新寻觅早已熄灭的火焰，结果是一场徒劳。我老是想借取悦别人来获得乐趣，我下定决心想要自由自在行动，一切自由选择，想做什么就做什么，我甚至选择孤独。自由和孤独，我两者都要，甚至把它们融合在一起。我说了什么？每个人都会设法打破自己思想上和情感上的障碍，思想和情感会互相干扰。我会想走入世俗世界，为的就是纠正我所犯的一个过错，然后平静下来，可是当我平静下来之后却又犯了另外一个过错。在这个丧失了纯真之后的时刻里，想来真是可怕，从今天的眼光回顾，我的内心充满了懊悔，这是我一生当中到目前为止最卑微、狼狈的时刻。有许多人会认为我是一个矫揉造作又愚蠢的小女孩，今天刚好相反，我的许多想象和作为都已合乎世俗的要求，而世俗的要求是有所偏差的。然而当我对着我母亲犯下最大的罪过时，大家反而说我是个模范小女孩，因为我和母亲相处时一直都是很孝顺的。在我自杀失败之后，大家开始崇拜我的聪明和智能。我的想象力变得干枯，我的感觉变得麻木，仅能应付精神生活的需求而已。当然这种精神生活的需求是虚假的，像他们止不住的谎言那样到处窜流！然而，没有人会怀疑我在生命中曾犯过隐秘的罪恶，大家一直把我当作模范的年轻女孩看待，有许多父母会跟我母亲说，如果我的姿态稍微摆低一点，让他们可以轻易一点接近我，他们儿子要娶亲的对象绝不会是别的女孩！在我闭塞的良心深处，我感觉到这样的赞赏根本与绝望耻辱的事实不合，我的良心从未浮出水面，我的本质是那么低微，隐藏着那么深重的罪恶，我无法笑着迎接它们。

四

对任何人而言，一旦失去了的东西
就不可能再寻回……永远不可能！

——波德莱尔

我二十岁那年冬天，我母亲的健康急剧恶化，她的身体一向就不是很好，我知道她有心脏病，虽然并不严重，但不能让她陷入任何烦恼。我一位舅舅跟我说过，我母亲希望在有生之年看到我嫁人。这对我而言似乎是个很重要的任务。我要借此证明我是多么爱她。她对我的首要要求是，我必须强迫自己改变生活方式，我接受了这个要求。我的未婚夫是个标准的模范年轻人，不但非常聪明，而且个性温和，活泼有劲，我相信他会对我产生很好的影响。此外，他决定婚后和我们住在一起，这样一来我就不必和母亲分开，这对我来说，简直就是最严酷的惩罚。

我鼓起勇气去跟我的忏悔师诉说我的所有过错。我问他我是否有必要也同样跟我的未婚夫悔罪，他转移话题，不置可否，还劝我以前犯过的过错以后不可以再犯，然后宣告赦免我的罪。喜悦让我心中的花终于开放，我一直以为它不会结果，但最后还是结了。由于上帝的恩宠，年轻的恩宠——即使身上伤痕累累，由于年轻气盛，还是愈合得很快——我终于还是痊愈了。

圣奥古斯丁说过，人一旦失去贞洁，要再复原就很困难了，我终于学到了最宝贵的一课。许多人都看到我变好了，母亲每天亲吻我的额头祝福我，她以前从不相信我会有再生的一天。那时有人责备我老是一副心不在焉的忧郁样子，这不公平，但我并不生气：我和我自己满足的心之间已然形成一股坚定的意志力量——它不停对我微笑着，就像我母亲以泪干之后的双眼温柔地望着我一样——一方面充满魅力，另一方面又令人难过。是的，我生命里的灵魂已经再生，我不懂以前为什么没好好对待它，还不停让它受苦，还几乎杀了它，我感谢上苍让我及时救了它。

在这种深层的喜悦和清新肃穆的天空的一致作用下，我品尝着"一切皆好"的夜晚。我的未婚夫不在身旁，他去他姊姊那里待两天。在一次晚上聚餐的场合，有一位参加聚餐的客人竟然是和我过去有过瓜葛的那位年轻人，在这带着微微忧郁气息的清澈的五月夜晚，我的不堪过去并未被揭露出来，我心中的天空没有一片乌云。我的母亲，她对我过去所犯的过错也不是那么清楚，她和我的灵魂之间总是存在着很神秘的坚定基础，即使有所损伤，现在也都慢慢在复原。"再过十五天的时间，"医生这样说，"应该不会再复发了！"医生这番话，让我感觉像是对我未来幸福的一个承诺，我不禁流下了眼泪。那天晚上，我母亲穿着一件比平常高雅的洋装，自从父亲去世以后，母亲已经有十年的时间未再穿过这件衣服了。这件洋装已有至少十年的历史，黑色中泛出一层淡淡的紫色，仍然十分高雅。她为什么要这样穿，她自己也感到困惑，这是她年轻时的装扮，也许是为了讨好我，也为了庆祝我的重生。我走过去，看到她的短大衣旁有一个玫瑰色环扣，我迟疑了一下，觉得有些不好意思，然后忍不住伸手去抚摸它。当大家要上桌的时候，就在离我不远的窗旁，我瞥见到她那优雅而充满痛苦的脸庞，我走过去深情地把她紧紧抱住。我跟她说我很怀念以前在"遗忘之乡"时，还有她温柔的亲吻，今晚重温旧梦，又回到了"遗忘之乡"，我再度领略了她的温柔亲吻，仿佛又跌入了过去的美好时光，那种温馨的感觉重新又浮现在她的脸颊和我的双唇之间。

　　大家为我即将到来的婚礼干杯，我平常并不喝酒，只喝水而已，因为酒精会刺激我的神经，我的舅舅说这个场合是例外，我必须喝一些才行。当他这样说时，我可以感受到洋溢在他脸上的喜气……老天啊！老天啊！我要在这里冷静说出一切，不要停止，我就什么也看不到了！如果……舅舅说在这样的场合我可以破例一次，他看着我，笑着跟我说这些话，我拿起一杯酒看着母亲一口饮尽，趁她阻挡我之前把酒喝了，她低声说："我们不要勉强她，她年纪还那么小。"可是香槟是很温和的酒，我又继续喝了两杯。我的头变得很沉重，我觉得我必须休息，好让神经放松一下。大家起身离开餐桌，这时雅克来到我身旁，看着我说：

"要不要跟我来，给你看看我最近写的诗？"

他那漂亮的眼睛在他的两颊之间闪闪发亮，他用手撩了一下他的小胡子，我知道我已迷失了，已经无力抗拒，我颤抖地说：

"是的，我很乐意看。"

这句话好像从很遥远的地方传过来，也许在喝第二杯香槟的时候我就已经预备要干坏事了。之后我就任其摆布，我们进到一个房间，他把两个门都锁上，我可以感觉到他吐在我脸颊上的气息，他紧紧抱着我，他的手在我身上到处抚摸着，我随着快感的增加，竟突然醒了过来。我内心深处感到无比的忧伤悲痛，我感觉好像让我母亲的灵魂掉眼泪了，也让我的守护天使和上帝一起掉泪了。此后我再也无法读恶徒虐待动物、虐待妻子和孩子的故事，只要一读到就全身颤栗发抖。我此刻感到困惑，同时也了解到，这一类淫荡和罪过的行为之所以会发生，身体机能的自然反应要占很大的因素，还有我们个人薄弱的意志力也脱离不了关系，我们最后就变得像是殉道和哭泣的纯洁天使。

不久我舅舅结束了他们的牌局，我们要趁他们回来之前赶快离开，我来到壁炉上面照镜子，我看着镜中的自己，我灵魂的痛苦并未展现在脸上，可是可以感觉到一直都在呼吸着，燃烧着的两颊之间的眼睛正在闪闪发亮，嘴巴张着，都说明着肉体的愉悦是多么的愚蠢和残酷。我心里在想，要是刚才有人看到我和母亲那样忧郁而温柔地拥抱亲吻，再看到我现在这副狼狈德性，心里不知道会怎么想。这时雅克来到我旁边，站在镜子前面，我们脸贴着脸，小胡子底下的嘴巴显出一副贪婪的样子。我的内心感到纷扰不安，我的头从雅克那里移开，猛然间看到对面阳台上，在窗子前面——这我已对你讲过，我真的看到了——我看到我母亲正表情呆滞地望着我。我不知道她有没有喊叫，我什么都没听到，这时她往后跌倒，头夹在阳台的两道栅栏之间。

这不是最后一次我对你讲述这个故事；我已对你说过，我差一点没击中，我虽然瞄准了，却没射好。子弹夹在身体内，他们一时取不出来，我必须一直躺着不能动，等待八天，新的意外现在才要开始，我无法估量目前的形势，也无法预见未来会怎么样。我宁可我母亲看过我犯的其他罪过，可惜她没看到我在镜子里的愉悦表情，不，她根本不可能看到……这是一场巧合……她在看到我的一分钟前中风了……她没看到什么……她不可能看到什么。上帝洞悉一切，但不会让这种事情发生。

进城吃晚饭

可是，冯达尼斯，谁有幸和你共享这一餐？我倒是很想知道。

——贺拉斯

一

奥诺雷迟到了，他一进门就先和屋子的主人以及他认识的客人打招呼问好，再和其他人稍微寒暄一下，然后就上桌了。隔了一会儿之后，坐在他旁边的一位年轻人要求他为自己介绍在场的客人，他们素昧平生，以前从未见过面。这位年轻人长得很帅，难怪屋子女主人会邀他来晚餐，还不断对他抛来炙热的眼神，据说还邀请他加入她们的社团。奥诺雷可以在他身上感受到一种未来的强劲力道，但并不羡慕，对他客气完全是出于一种礼貌。他环顾四周，注意到坐对面的两个人从头到尾都不讲话，屋主出于一番好意同时邀请他们两人并安排他们坐一起，因为他们都是从事文学工作的。没想到两人一见面就互相憎恨，互不吭声。较年长那一位像睡着一般，是保罗·德雅尔丹先生和德·沃居埃先生的亲戚，坐在那里故作沉默，对旁边较年轻那一位露出一副不屑一顾的姿态。较年轻这一位是莫里斯·巴雷的一位得意门生，他对年长这位也回报以相同的鄙夷眼光。他们互相看不起，也互相激怒，他们的行径好像冒犯到了黑社会老大或是白痴团体的头头，有理说不清。稍远的座位上坐着一位漂亮的西班牙女士，正在努力狂吃，她牺牲这个晚上的其他重要约会，特地来参加今晚这个高雅的饭局，期待能够在这个场合磨炼一点什么，以期对她的世俗生涯有点帮助。当然她算计这一切还有其他原因。佛雷梅夫人爱装高尚的习性，对她的女性朋友和对她而言，都是为了反对中产阶级化。很凑巧今晚来聚餐的这些人，都是佛雷梅夫人很难邀请到家里吃饭的人，而她希望能跟他们灌输她的理念，尽管大家的想法非常不同。这位西班牙美女取代了原先被授予任务的女公爵，自己来出席这场饭局。西班牙美女早就认识这位女公爵，但并不觉得她能做出什么像样的事情，认为她根本无法胜任这个任务。在许多晚宴的场合，公爵夫人总是和她丈夫怒目相视，她先生会不停地从喉咙发出低沉的声音。每间隔五分钟就会听到有人这样说："可不可以麻烦帮我介绍公爵？""公爵先生，可否麻烦帮我介绍公爵夫人？""公爵夫人，我可不可以把我的太太介绍给您？"他会觉得和隔壁的主人的合伙人聊天浪费时间，因而感到懊恼。一年多以来，佛雷梅先生一直想通过他太太邀他来参加自己的晚宴，他太太后来答应了，来晚宴时还特别把公爵安排坐在西班牙美女的丈夫和一位人文主义者之间。这位人文主义者读书很多，同时也吃得很多，他出版过许多本关于语录和注释的书。他不喜欢坐在他旁边的一位看起来像高贵平民的女士。此人叫勒诺尔夫人，能够主导谈话的方向，她谈到维佛亲王在达荷美战役的大胜，语气充满激动："亲爱的孩子，这可让我十分高兴，整个家族都为此感到光荣！"事实上，她是维佛家族的远房亲戚，表亲们都比她年轻许多，但都对她另眼看待。她结了三次婚都没生育，继承了很庞大的财产，对家族忠心耿耿，每当家族里有人有什么重大成就时，她都会到处宣扬。她曾为家族里有人背地里干出丑陋卑鄙行为而感到羞耻，她那睿智的额头永远缠着奥尔良扁帽的彩带，只有获得将军资格的人才能戴这样的东西。她能够闯入这么封闭的家族当起家来并继承遗产，觉得十分骄傲，可是在现代社会中，她总是有被驱逐的感觉，老是会用怜悯的语气说"这些以前的老先生们"。她爱装高尚仅是出于想象，她自己的想象，上一代许多名人的名字和荣耀在她心扉上留下了不可磨灭的印象，她深觉与有荣焉，和一些亲王用餐的乐趣似乎比不上读有关上一代王朝的回忆录。她的发型永远不变，头发上老是用葡萄来装饰，她的眼睛始终闪烁着愚蠢的亮光，始终保持微笑的脸庞的确显出一股贵气，但手势动作偏多，而且难看。出于对上帝的信心，不管是要参加花园派对或是在革命闹事的前夕，她的内心永远洋溢着一股乐观主义，会摆出一副要赶人的手势，好像要把激进主义和坏时光赶走的样子。坐她旁边的那位人文主义者和她讲话时会露出一副高雅又无精打采的样子，显然带有不屑的味道。他引用贺拉斯和其他诗人的诗句，借此博取其他人的注意，掩饰自己的高傲，掩饰贪吃和贪喝。他那狭窄的额头上装饰着几朵古老而亮眼的玫瑰假花，勒诺尔夫人可以感受他那伪装的礼貌，但同时也可以感受他身上的力量，因而对他加以尊敬，这种能够维护传统的人今天已经不多见了。她这时转头对佛雷梅先生的合伙人讲了五分钟话，佛雷梅先生一点也不在意，坐在餐桌另一头的佛雷梅夫人趁机对她说了许多漂亮的恭维话，她希望这样的晚宴可以继续举行好几年，当然我们不必到处宣扬，我们只要默默做我们的事情。佛雷梅先生白天到银行上班，晚上陪太太交际，或待在家里接待来访客人，来者不拒，要不要开口，悉听尊便，最好不要开口。直到最后，他发现大家没什么反应，就暗暗生闷气，或是赌气不理会，或是压着不生气让自己变钝，他的情绪错综复杂。那个晚上，和往常一样，佛雷梅夫人把目光从银行财政专家身上转到一个更亲切，更令人满足的对象上面，她让她的目光和合伙人的目光相遇而闪出火花。佛雷梅先生并未因此而受苦，反而有一种短暂而真实的解脱感，这并不是因为他觉得自己高高在上，而是男人和男人之间所萌生的某种兄弟爱发挥了作用，好比我们在国外的陌生地方遇见一个法国人，再怎么讨厌，同胞之间爱的感觉还是会油然而生。他每个晚上都会违反自己的习惯去剥夺该有的休息，甚至连根拔起做得很彻底，他联想自己和某个人产生了联结，既讨厌又强烈，他只想把那个人从孤立无助的处境中拉出来。佛雷梅夫人在面对来参加晚宴的客人的时候，她可以在客人中一眼认出她的金发帅气男子。每个人都像透过扭曲的棱镜看到她变化多端的特性，她充满野心，诡计多端，性喜冒险，至于金钱上，她赀财丰富，足以让她衣食无忧并过着闪亮耀眼的日子。在许多富豪或贵族人士眼中，她受人欢迎并不是因为她的财富，而是因为她的聪明和其他的优良品德。她从不会忘记她以前那些卑微的朋友，他们生病或生活上有困难时，她绝不会吝于伸手援助，每当有亲戚或教士不幸亡故时，她一定会来到床旁一掬同情怜悯的眼泪，立即消除他们心中所有的怨恨。

那晚来吃饭的客人当中最讨人喜欢的一位是年轻的D女公爵，她看起来很机灵敏捷，从不露出忧虑或困惑的样子，可是相对而言，一双漂亮的眼睛却让她显得无比忧郁，嘴唇一副悲观的模样，一双手有气无力的样子。这位生命的超强情人，展现着多种面貌，善良，文学，剧场，行动，友谊，全力以赴，毫不松懈；她像一朵孤傲的花朵，那红色的美丽双唇，散发着勾魂摄魄的魅力，挑动着各个角落。她那坚定的眼神，似乎从不会为懊悔的恶水所侵犯。不知有多少次，在街上或剧场里，有多少人被这些不断变幻的星辰所吸引，回忆起他们的梦想！这时候，女公爵想起了一出滑稽剧，不再使用能够吸引那些已不再来往的高贵同党的香水，她漫步在许多绝望和深邃的目光之下，这些目光还不乏忧郁气息。她的谈话很精彩，却在不经意间流露出早已过时的高雅，同时带有古代怀疑主义的魅力。大家才刚刚有过一场讨论，这位女公爵是绝对主义者，她主张人应该只有一种穿衣方式，但在思想层面她的观念可不一样，她对每个人重复说："为什么我们不能随心所欲地说话和思考？我可能是对的，你们也是。只能有一种意见，这太狭隘也太可怕了。"她的才智和她的身体不一样，她穿着最新流行的式样，她能够随意和那些象征主义者和信徒开玩笑，她的才智正如同其他既美丽又活泼的女人的一样，都是为了取悦那些穿旧式服饰的人，也许都带有卖弄风情的意思。然而，有某些过分生硬强烈的观念却可能会影响她的才智，正如有些太强的颜色会阻挡她脸上的光芒一样。

在奥诺雷看来，虽然他能够很快在这些亲切和蔼的美女脸上发现显著不同，但仔细想来，她们在本质上并无太大差异，包括亮丽的托雷诺夫人，聪明的D女公爵，还有漂亮的勒诺尔夫人等等。然而他还是忽略了她们有一个共同的愚蠢的特点，而且这个特点还带有传染性质，让她们无一幸免，那就是爱装高尚。就本性而言，她们会刻意装得与众不同，寻求属于她们自己的风格，比如勒诺尔夫人起先并不爱装高尚，但却在不期然间被托雷诺夫人征服了，就像公务员一直想往高位爬一样，她已然无法自我控制，然而她毕竟是个通情达理的女人，她旁边座位的人才跟她说他在蒙索公园见过她可爱的小女儿。她很快打破了她可耻的沉默，很快感受到这种连亲王都无法挑起的谈话欲望，很不自觉就立刻感觉到一股与对方谈话的欲望，他们就像老朋友那样侃侃而谈起来。

佛雷梅夫人显然因为完成任务感到满足而情绪高涨，她主宰着整个谈话过程，她向来习惯于把著名作家介绍给女公爵们，像个手腕灵活的外交家那样在外交活动中左右逢源。一个常去剧场看戏的观众，就曾经看到许多艺术家、群众、作者、才智之士以及剧场的爱好者熙来攘往，热闹非凡。

整场谈话的气氛相当融洽，在这样一个难得的晚宴聚会场所，大家坐得那么靠近，甚至膝盖还互相触碰，根据自己的气质和教育水平交换接触文学的心得，当然还得看看你旁边坐的是什么样的人。这之间有障碍在所难免，奥诺雷旁边的英俊男人带着年轻人惯有的谨慎委婉地说，埃雷迪亚的作品充斥太多思想性的东西，比一般所说的还要多，其他客人一听，纷纷露出不耐烦的神色。这时佛雷梅夫人立即叫道："刚好相反，这些都只是迷人的赝品而已。一些奢华的珐琅质制品，也可以说是没有瑕疵的金银制品。"这时每个人脸上才又出现满足和高兴的样子。在这样的场合谈论无政府主义会是很严肃的事情，佛雷梅夫人向来不喜欢违反自然法则的东西，她这时就轻声说：

"这有什么好呢？这世上永远存在着穷人和富人。"即使是最穷的人每年也会有十万的年金收入，这是令人感到意外的事实，并非夸大之言，大家不妨愉快地举起酒杯来，干掉最后一口香槟酒。

二、晚饭之后

奥诺雷喝了许多混合的酒，头有些晕眩，他未向主人告别就径自离开，他穿上外套一路走向香榭丽舍大道。他心里觉得很高兴，阻碍我们的欲望和梦想的障碍已经完全消除。通过行动，他的思想可以自由驰骋，穿透不可能实现的一切。

这些神秘的大道，许多人来来往往，甚至在其深处，也许每个晚上都隐藏着喜悦的阳光或是一片荒芜，都在吸引着他。每个来往的人他都觉得友善，他不断在一些小街道上走来走去，期待碰到一些人，他可以和他们亲切交谈而不会觉得害怕。附近的一个布景架倒塌了下来，他的生命却不断往远处延伸，延伸到他的新生和他的神秘之地，促使他去拜访乡下的朋友。唯一让他感到遗憾的是，这样的一个晚上让他觉得不管是幻象还是真实，总是让他觉得失望，他似乎除了去吃一餐和喝酒，以及欣赏一些美的事物之外，好像并没有真正做什么，他为不能立刻追到某些距离他很远的虚无缥缈的东西而觉得难过，已经有一刻钟，他为自己发出的夸大声音感到讶异："生命是忧郁的，真蠢！"（他说最后这个词时，还用右手做了一个激烈手势去加强语气，他注意到他的手杖在激烈晃动。）他忧郁地自言自语，并且想到，这些机械的话语应该是无法表达的情绪的一种拙劣翻译。

"哎呀，毫无疑问，我的乐趣或是懊悔更增加了百倍，但我的聪明程度却是原封不动，我的幸福还是很焦躁不安、很私人化的，无法传递给他人。如果我现在写作，我的风格一定和以前一样，没什么变化，一样充满许多谬误，哎呀，一定和往常一样平庸。"但是他在身体上的舒适愉悦却让他一直感到宽慰，他来到林荫大道上，许多行人和他擦肩而过，他和他们互相表达善意，他解开他的短大衣，露出里头合身的白色衬衣，以及那暗红色的扣子。他借此和陌生行人交换和善的眼神，这是他和他们的淫荡交易。

懊悔：时间的梦幻色彩

诗人的生活方式应该很简单，最平常的事物就可以让他心满意足。一道阳光，甚至一点空气，都足以让他产生灵感，一滴水就可以让他陶醉不已。

——爱默生

一、杜伊勒里王宫

今早在杜伊勒里花园，微弱的阳光洒在石阶上面，好像金发美少年的头发散布在有些阴暗的步道上，闪烁不定。旧王宫的庭前刚长出一些绿色的青芽，在微风轻拂下，和紫丁香的清新香味混杂在一起。我们附近的一些石雕像看起来有点吓人，却又像傻子般矗立在林荫小径上，好像被绿色所遮掩，在一片绿色枝叶中不知道在想些什么。在尽头有几个小池塘，懒洋洋地躺在那里，和蓝色天空的亮光互相辉映着。从水边的平台上，我们仿佛可以看到上一个世纪从奥赛码头的老小区钻出一位轻骑兵，缓缓轻过河岸边。这里有几盆天竺葵，外面盘绕着几株牵牛花，天芥菜在太阳的照耀下，好像在熊熊燃烧。在卢浮宫前面，竖立着几株蜀葵，好像旗杆那样屹立不动，像石柱那样雄伟高贵，也像花枝招展的年轻女孩。水池的喷水水柱往天空喷射着，在阳光照射下很像彩虹，娓娓倾诉着爱情。在平台的底端有一位石雕的骑士，骑在马上作疯狂奔腾状，吹着号角，身上洋溢着浓浓的春天气息。

这时整个天空暗了下来，快要下雨了。那些小池塘不再反射太阳的亮光，像目光空洞的眼睛，或装满了泪水的花盆。在微风吹拂下，水池上的水柱也逐渐变得有气无力，很微不足道的样子，带有嘲讽味道。紫丁香也失去了淡淡的香味，透露出浓浓的忧郁。另外一头，骑在马上正在疯狂奔腾的骑士，一动不动，抬着头面向天空吹着号角。

二、凡尔赛宫

一条运河让我想到最伟大的演说家，只要他们一靠近，在那里我就是幸福的，无论快乐或悲伤。

——巴尔扎克写给德·拉莫特-艾贡的信

晚秋时分，在零落的阳光的照射下，仍觉些许燥热，但秋天的颜色已经褪得差不多了。树木叶子的浓烈香味四溢，每个早晨和下午都会给人一种感觉，让人觉得这些叶子已经快要掉落了。只有大丽菊和万寿菊，以及黄的、紫的、白的、粉的其他菊花，仍在秋天的黯淡气息下闪闪发亮。黄昏六点钟时，我们经过杜伊勒里王宫，天空一片灰蒙蒙，显得有点阴暗，那些黑色树木的树枝显露出一副绝望而无精打采的样子，枝上一些孤零零的花朵，显得孤单无助，不再繁茂，我们的眼睛不得不慢慢去适应这一凄凉景象。早上的景象看起来比较温和一些，特别是出太阳的时候。我离开水边的平台，沿着石阶楼梯信步往下走去时，还可以看到我的影子在石阶上一路晃动个不停。关于凡尔赛宫，前人已经讲过很多，我不想在此旧调重弹。这个老掉牙的伟大名字，林木茂盛的皇家墓园，广阔的水池和巨大的大理石，贵族和败德的地方，让我们想到有多少建筑工人的生命投注在上面，他们的生命曾经多么凄凉忧伤，只为了打造这独一无二的伟大工程。我还要说的是，我在秋日午后来到这里，来到玫瑰色大理石打造的水塘旁边，细细品味这一切，同时品尝着这美好的秋日午后所带来的醉人和苦涩的滋味。地上落满枯黄的落叶，远远望去像是一块褪了色的黄紫色相间的拼凑画。我经过一座小村庄，冷风迎面吹来，我把短大衣的领子竖起来挡风，我听到鸽子的咕咕叫声，一路都可以闻到黄杨木所散发的香味，好像来到了礼拜天的圣枝主日，陶醉不已。我在想，我是否有可能在这些已被秋天劫掠过的花圃摘到一小束春天残留下来的花朵。在水池上，一阵风正掠过一朵摇摆不定的玫瑰花的花瓣。在这特里亚农的一大堆落叶里，只有一株天竺葵从冰冷的水里伸到小拱桥上，花朵在风中屹立不动。我曾经在诺曼底品尝过强风迎面吹来和路上风沙飞扬的滋味，也曾经在那里透过一片白色杜鹃花看着海上闪闪发亮的景观，我知道长在水边的植物大都比较优雅，可是像这棵天竺葵，它长在冰冷的水里，不怕冷风吹袭，还能开出这么清纯漂亮的白色花朵，独树一帜地立于河流两岸的枯叶之间，倒是很少见到。垂老的树木还可以长青，我们到处可以看到许多摇摇欲坠的树枝和一些水塘，永远在那里，不会枯萎，也不会干涸，就像有些垂危的树木，只要给它们浇水，就立即恢复生机！

三、散步道

尽管天空清澈无云，阳光十分燥热，风吹来时还是令人觉得寒冷，树木和冬天时一样光秃秃的。为了就地生火，我上前折下一根枯枝，它还流出了一些汁液，弄湿了我的手臂，一直湿到手肘，在冰冷的树皮底下，我的心有点慌乱。在树干之间，在冬天干瘪的土地上长满了银莲花、报春花和紫罗兰。旁边的小河流，昨天还是一团阴郁，空荡荡的，今天在温柔天空的照射下，变成蓝色，一片活泼生气，像是充满活力一般躺在那里。记得十月里那几个美丽的夜晚，晴朗的天空懒洋洋垂挂着，一直蔓延到水边，好像在为爱和忧郁而垂挂着等死。今晚的天空，一片温柔的碧蓝色，同时还不时交杂着许多其他颜色，比如灰色和蓝色，还有玫瑰色——这可不是大块乌云反射的色泽——而是水里闪闪发亮的鳍鱼、鳗鱼或是胡瓜鱼在它们栖息的地方反射的。它们在水中快乐地游来游去，于天空和水草之间悠然自得，在草原之中，在大树底下，它们感受到极为畅快的快乐，好比我们在春天来临时的心情。水在它们的头上、耳朵之间和肚子底下，不停潺潺而流，迎着阳光，高兴地歌唱着。

到饲养场去取蛋也是一件愉快的事。太阳就像多产而灵感丰富的诗人，不会吝于在毫无艺术气息的卑微地方散布它的美，它也不必加入任何艺术团体，可以随时随地就地取材，比如借助砍下来的一棵梨树，或是随侍在侧的一位老女仆，它都可以立即完成美的创作。

前面好像来了一个人，身着皇家服饰，穿梭在乡下农家事物之间，蹑手蹑脚，生怕弄脏衣服，这是什么？这是一只朱诺的鸟，它全身的亮光并非来自死的宝石，而是来自阿耳戈斯的眼睛，这只孔雀的奢华样貌震惊了四周。就在一个节庆的日子里，在第一批客人到来之前的片刻，它套着袍子露出变化多端的尾巴，蔚蓝色的套颈套在脖子上，羽饰插在头上，像全身金光闪闪的女主人走过庭院，许多看热闹的人挤在栏杆前面，看得眼花缭乱，她一边下达最后指令，一边走到门槛上要亲自迎接亲王。

喔，不，这只孔雀竟在这里度过一生，天堂之鸟关在这个饲养场，跟火鸡和母鸡混在一起，好比安德洛玛克被俘虏之后和许多奴隶关在一起，拖着羊毛在那里走来走去，她同时还不放弃她的贵族徽章以及继承而来的金银财宝，这令我们联想到阿波罗的故事，他因犯错被判到凡间为阿德墨托斯看守羊群。

四、一家人一起聆听音乐

音乐甜美，使灵魂和谐，像神圣的唱团，唤醒一千种声音，在心里歌唱。

一个家庭的每一位成员，都会很期盼家里能有一个花园，在春天和夏天以及秋天的夜晚，大家在一天的辛勤工作之后聚在那里，哪怕花园很小也没事，只要篱笆不太高就好，他们一抬头就能看到整个天空，他们一言不发望着天空，陷入一阵梦幻。小孩梦想着他未来的计划，想着未来他要和好朋友住在一起的房子，也想着未来生命中可能会遇到的陌生人。大一点的孩子则梦想着未来神秘美好的事情，年轻的母亲想着孩子们的未来，她想到自己纷扰不安的过去，看着此时此刻丈夫冷漠的表情，不禁生出一股懊恼和自我怜悯的感觉。父亲的眼睛随着飘过屋顶的一股轻烟而去，想着自己平淡无奇的过去，以及可能还有一点曙光的未来，想到了自己不久之后的死亡，以及他死后孩子们的生活。到了要各自回房睡觉的时候，每个人的内心都充满着虔诚的情感，这时一旁的高大椴树、栗树和冷杉树早已在慢慢散发香气，像是对他们的祝福和致敬。

在一个更为活泼的家庭里，每个成员可能会想到也更喜欢较为深刻而充满情感的活动，在晚上大家聚在一起的时光里，他们可以沉浸在一个年轻女孩或年轻男孩清澈美妙的歌声里。要是此时有一个陌生人从花园的大门口经过，他会看到花园里的每个人都噤声不语，如果他没听到歌声，还会以为他们正在望弥撒。我们可以想象，大家聚精会神聆听音乐的态度，和崇拜宗教的虔敬行为实在没什么两样，都一致指向一种性灵提升的要求。有时一阵疾风吹向杂草，并撼动树枝，风吹来时，大家的头就低下来，然后又突然抬起，好像在聆听一位信使所带来的令人震撼的消息，最后惊醒过来。音乐的曲调起伏不定，一会儿哀伤低沉，一会儿愉悦振奋，然后又趋于绝望哀怨。音乐的光芒四射，有时神秘又阴郁，对老者而言，它展现了生命和死亡的雄伟景观；对小孩而言，它传递了大海和大地的恳切承诺；对情人而言，是一种无止境的神秘，是阴郁爱情里的一道微光。思想家在其中看到了自己道德的运作，旋律下降时，他显得软弱无力，跌入了低潮；旋律又重新奋力飞扬时，他的心又开始兴奋起来，低声细语的旋律直抵他内心的最深处，并唤起他一连串的阴暗记忆。行动家在许多混合的和弦中不停喘气，奋力奔驰着，来到慢板时终于获得了最重大的胜利。不贞的女人感觉到她所犯的过错得到了赦免，或是得到了轻判，她所犯的过错最初起源于一颗不满足的心，就连惯常的愉悦都无法使其平息，于是逐渐走入了歧路。她开始寻求神秘的解药，包括现在的音乐，它好像暮鼓晨钟，让她彻底悔悟了。至于音乐家，在创作音乐的时候，他不仅可以在技术上体会创作之乐，也可以品尝情感上的无上愉悦，甚至能够完全沉浸在创作时眼睛所忽略的音乐之美当中。最后是我自己，我在音乐当中听到了最广阔和最具普遍性的生与死之美，还有天空与大海之美，当然也同时领会到你那独特的魅力，喔，我亲爱的人！

五

今天似是而非的话很可能是明天的偏见，今天最根深蒂固和最令人讨厌的偏见总有其新颖之处，这和当下的流行有关，流行给予其脆弱的恩典。如今的许多女人想要摆脱各种偏见，将偏见视为准则。对她们而言，偏见就像是美丽的花朵，虽然有一点奇怪，但可以专门用来装饰自己。在她们看来，事无大小，并无主要和次要之分，因此她们会把一切事物都放在同一水平之上去衡量，她们喜欢一本书或一种生活方式，就像喜欢美好的一天或一个橘子那样。她们用裁缝师的口吻谈艺术，一谈到哲学就把哲学和巴黎的生活相提并论。她们会因为不做分类、不加判断，以及说这个好那个不好而觉得不好意思。从前，当一个女人把事情做得很好时，那是因为她违背了她的道德良心，换句话说，她利用她的思想指引了她的自然本能。但是在今天，当一个女人把事情做得很好时，她不是用思想，而是用道德良心引导她的自然本能去把事情做好，换句话说，她放弃了非道德理论（我们看看哈莱维和梅亚克两位先生的戏剧就知道了）。如果削弱社会和道德的紧密联系，女人会从非道德理论转向本能的自然反应，她们会变得只追求肉欲享乐，越是追求不到，越是想要追求。如果从怀疑主义和艺术至上的角度来看这个现象，它就像过时女人的一件华丽大衣一样，不知如何处置。女人毕竟不可能成为时代精神的代言人，她们顶多像一只迟钝的鹦鹉跟在后面摇旗呐喊。当然，今天艺术至上的观念可能取悦她们，如果我们要她们说点什么或是做点什么，我们随时可以给她们提供虽说过时却仍然可用的观念。她们会让我们感到愉悦，会在当今文雅优美的文明当中，提供给我们存在所必需的温和感觉。她们不时登上维纳斯之岛去寻求精神食粮，当然不是去治疗她们迟钝的精神，而是去丰富她们的心灵、眼睛、耳朵、鼻子的感受力，进而表现她们纵欲享乐的要求。我猜测，我们这个时代的肖像画家在画她们时，她们既不会太过僵直，也不会太过呆滞，会在散开的头发上面洒满香水。

六

野心比荣耀更令人陶醉；欲望会不断滋长，占有让所有事物失去光泽；最好是去幻想生命而不是去经营，然而去经营生命也是在幻想生命，只不过缺少了神秘的色彩和清晰的感觉。一个幽暗沉重的梦，就好像野兽所做的梦一样，散漫无章，不知所云。莎士比亚的戏剧只有在工作坊演出才会让人觉得美，在剧场演出则不会。诗人会写出美丽不朽的爱情诗篇，可是他们在现实中所碰到的对象，常常都是一些小旅馆里的很平庸的女服务员，那些超凡入圣的伟大爱情永远不会发生在他们身上。他们在一生当中所遇到的爱情几乎都是平凡无奇的，根本就不值得一提。我认识一个十岁的小男孩，体弱多病，思想却很早熟。他向一位年纪比他大的小女孩求爱，他每天都会在窗口站几个小时，只为了小女孩从他窗口经过时能够看她一眼。只要有一次心愿落空，他就痛哭流涕。可是即使看到了，也一样痛哭流涕，他几乎没接近过她，即使接近也都极短暂。他不睡不吃不喝，有一天就从窗口跳了下去。起先大家都认为他是因为无法接近他的爱人，感到绝望而跳楼寻死。但也有另一种说法，他们说他跳楼前不久曾和小女孩有过一段刻骨铭心的谈话，小女孩对他也很好，之后他会决定自杀是因为，他在体会这种陶醉狂喜的之后，自知今后在绵延不断的无趣乏味日子里，再也不可能有此体验，遂决定自我了结。我有另外一种看法，据闻这位小男孩生前曾好几次跟他一位好朋友透露，他说每次见到这位梦中的维纳斯之后，心中总会浮上一股失望的感觉，可是小女孩离开之后，他的强烈想象力马上又再度袭来，他很想再见到她。每次见面时他总是企图在这种失望里寻找缘由，在最后的一次会面里，他把他的幻想不断升高，把对方提升到完美的地步，让她完美的本质流露无遗，大大超越他的失望感觉，让他深深体验到不完美的绝对完美，到达他的生存和死亡的致命交会之处，他决定从窗口跳下。长久以来，他已忽略他的灵魂和思想的存在，变得冥顽不灵，对小女孩也变得听而不闻，视而不见。至于小女孩，她无视对方的恳求、威胁和存在，以至于将他逼向死亡的境地。小女孩成了生命的化身，我们想着她并爱着她，她活得好好的。我们像小男孩一样，投入了愚蠢，但不是一下子之间，而是慢慢地一点一滴地投入，然后慢慢减弱。十年之后，我们忘了当初的梦想，甚至对它加以否定，我们像一头牛一样，只能望着眼前的牧草，一口一口地吃。是直到大限来临之时，才又生出不朽的感觉吗？

七

"亲爱的长官,"传令兵说道,"几天后这间小屋就可装修完毕,您就可以住进去。现在您退休了,可以在这里住到永远(他有心脏病,怕活着的日子也不多了)。亲爱的长官,您也许需要一些书,今后再也不必打仗也不必做爱了,可能需要一点小乐趣,要我去帮您买点什么吗?"

"什么都不必帮我买,书也不用,书里头所写的东西都没我做过的事情有趣,我现在唯一感兴趣的是我自己的回忆,把我大箱子的钥匙拿来,从现在开始,我要每天读我箱子里边的东西。"

他拿出一些信件,全都是白色的,有些还沾着污点,有些写得很长,有些只有一行,写在卡片上面。这些东西还附带一些褪了色的花朵,或者一些小饰物,还有一些他自己写的字,用来记录他收到这些东西时的状况。此外还有几张损坏的照片,虽然很小心维护,但还是破损了,这是珍贵的纪念品,他常拿来亲吻。这些东西都很久远了,照片中的女人有些早就作古了,其他有些照片至少有十年没拿出来看了。

在这里头有一些很珍贵、很细腻也很性感的小玩意儿,对他的某个生命阶段来讲并不重要,可却像一幅大的壁画,说明着他生命的意义，充满浓厚色彩，笔触虽很模糊却很特别，而且强劲有力。其中涉及亲吻——他毫不犹豫屈尊就教，他早就如此做了——他为此难过了很久，现在虽然已经很镇定而且毫无纷扰，可是在他一股脑整理这些活生生的记忆时，有点被掏空的感觉，好比在阳光照射下的一杯烧酒，精华慢慢被蒸发掉。他微微感到一阵颤动，好比春天疾病恢复和冬天被火炉烤热一般。他那老迈躯体的情感还是一样被燃烧了起来，生命的力量再度被唤起，在熊熊火焰中燃烧着。他随即想到，这些都只是幻影而已，无法捕捉和掌握，等一下就会随着黑夜消失于无形。一想到这个，他忍不住又难过了起来。

　　既然知道这一切都将化为无形的幻影，永远不会回来，永远再也看不到，他会特别珍惜此时此刻的这些幻象，与将化为乌有的一切相比，这种感觉至少还曾经存在过。这些亲吻，这些吻过的头发，这些泪水和口水沾过以及手抚摸过的东西，像酒一样令人陶醉，像音乐或夜晚的虚幻幸福那样不可捉摸。他用力敲打，仿佛没有其他任何东西比这更珍贵了，他用力敲打，直到他再也无法掌握而想离去。他蜷缩着身体，想要获得重生，再度出发，然后像钉蝴蝶一般把这些东西钉住。这可真不容易，他从未捕过或钉过蝴蝶，更不知道如何处理蝴蝶那脆弱的翅膀，他只看过玻璃框内钉好的蝴蝶，却无法去触碰，只觉得它们没那么迷人漂亮。他现在觉得他心灵的镜子已经受到了玷污，再也无法洗涤干净，年轻时代的纯净光芒和才情早已离他远去——这是基于我们季节的什么法则，在哪个神秘的秋分？

每一次，他都会觉得失去这些亲吻，这些无止境的时刻，还有香水所传达的幻觉所带来的痛苦变得少了一些。

他会为不觉得痛苦而觉得痛苦，然后这些痛苦一起消失了，他也并不觉得因此有损他回顾这些所带来的乐趣。许久以来，这些东西早就不知不觉逃掉了，他们手上拿着带花朵的小树枝，毅然决然地离开这个对他们而言已经不再年轻的地方。不久之后，他跟所有人一样，死了。

八、珍贵的纪念品

我会购买会成为我朋友的一切东西，即使它们连一句话都不肯跟我说。我有一副小纸牌，每晚的纸牌游戏都会给我带来很大的乐趣，我同时还拥有两只南美洲猴子，三本小说，还有一只母狗。喔，你拥有闲暇却不会利用，生命中亲爱的闲暇，你不能像我那样享受闲暇，你甚至不愿意利用你那最不可侵犯的、最私密的自由时间，你不能感受到你的幸福，因为你从未享受到你的闲暇。

她每晚和一些好朋友玩纸牌游戏，她不会感到乏味无聊，她起先是和其中一个有暧昧关系，然后就和对方的朋友认识并开始了每晚的纸牌游戏。她躺在床上随意翻阅小说,依她的想象和疲劳程度而随意翻阅,也依她当时的心情变化来决定挑选哪一本,看是否能够顺利进入美丽的梦乡,你是否在她身上看出什么?不要跟我说什么都没看到。

小说,她期盼在那里头看到主人公和诗人的生活;玩牌,她可以感受到情绪的放松,有时还能激发热烈的感情。你有没有从她那里获得什么思想,或是从她敞开的心灵获得什么慰藉?

她手上经常拿着一本小说,有时长时间放置在桌上,小说里头的人物,贵妇、国王和仆从反复在她面前出现。小说里有男主角,还有女主角,你幻想着她坐在床旁,火炉的光和灯光交叉照射着,照射着你静静的梦幻,房间和裙子的香味四处散播着,你想象着触碰她的手和膝盖,你整个人已浑然忘我了。

你保留着她那愉悦又神经质的手在书上所留下的折痕,还有她的泪痕,由于被书中情节打动或是想起自己的悲哀经历所掉下的泪水,你都一一保留下来,也许那是一个好天气,她那愉悦的眼神,引发了你这种热烈的情绪。我轻轻触摸着你,渴望你的告白,也担心你的沉默。哎呀,像你这么有魅力的人,她竟然无动于衷,她没感受到你带给她的恩典。倒是她的美貌引起了我的欲望,她继续过她的生活,孤孤单单一个人,我梦见了她。

九、月光奏鸣曲

（一）

舟车劳顿，对父亲的回忆和对他的严苛要求的担心，皮娅的冷漠，还有敌人的打击，都令我无比疲惫。在这一天当中，阿孙塔的陪伴，她的歌声，她前所未有的温柔，她自然的美貌，她那随着海风飘扬的香水味道，她帽子上的羽毛，脖子上的珍珠项链，都让我感到非常舒畅。可是到了晚上九点钟的时候，我感到无比疲惫，就要求她自己驱车回去，我留在原地自己找地方睡觉。我们已差不多抵达昂弗勒，我在墙边找到一处很理想的地方，就在两条林荫大道的入口，两旁的大树可以挡风，空气也很清新。她同意了我的提议就自行离去，我躺在一块草皮上，面向阴暗的天空，在黑暗中我可以听到背后海上传来的海浪声，不久我累极了，忍不住睡着了。

我梦见在我前面，夕阳照亮了沙滩和大海。黄昏降临，我感觉这里的太阳西下和黄昏降临与别的地方没什么两样。这时有人走过来拿给我一封信，我想读信却看不清楚，我才发现虽然四处散布着夕阳的余晖，但周围非常阴暗。日落时光线很苍白，洒落在沙滩上的光线也很不明朗，我必须很费力才能看清楚沙滩上的贝壳。在我梦中的这个特别的日落时分，太阳好像罢工一般，也像生病一样，完全失去了色泽。这时我的烦恼竟突然一扫而空，我父亲的严苛要求，皮娅的冷漠，敌人的虎视眈眈，虽然尚未全然消除，却已经不再让我有压力了，好像变成只是必须去应付的公事那般，不必花心思去理会。梦中这种与现实相反的现象，这种犹如休战的松懈感觉，并未带给我不安或恐惧，只让我感到仿佛被包裹在一种舒服安适的环境里，无忧无虑，直到醒过来。我睁开眼睛，四周既明亮又苍白，我感觉还身处梦境中，我睡觉时所依靠的旁边那道墙一片光亮明朗，旁边常春藤的影子拉得很长，像下午四点钟的影子一样。荷兰白杨树的树叶被风吹动着而转了方向，远方海上可以看到滔滔海浪和白色帆布的帆船，天空一片晴朗，月亮已经升起，有时海上会飘过几朵轻盈的浅蓝色的云朵，底层泛着白色，看起来好像被冻僵的水母，或是乳白石的石心。亮光四处照射，我的眼睛还无法捕捉到。远处的草丛在亮光照射下，与阴暗互相交融，远远看去好像一片海市蜃楼。林子一片漆黑，突然传来一声连绵不绝的令人惊慌的声响，声音渐渐变大，好像从林子上方传来，原来这是微风吹动树叶所传来的声音。夜里我不断听到汹涌的海浪声音，现在这个声音已经退去了，甚至再也听不到了。就在我面前，一片狭窄的草原一直往前延伸到两旁种满橡树的两条林荫大道，狭长的草原看起来就像是一条明亮的河流，两旁河岸则是一片阴暗。夜幕渐渐低垂，月光照在守卫的屋子和已经静止的树叶和渔网上面，却无法唤醒它们。在这睡眠的寂静当中，在月光的照射下，感觉到处鬼影幢幢，可是白天的时候一切都是那么具体真实。现在看起来，房子没有门，树叶不长在树干上，渔网没有支架，一切看起来都那么不真实……我好像身处一场怪梦之中，一片树木在黑暗中睡着了。事实上，这些树木从未这样沉沉睡去，在这盛大的节日里，月光在天空和海上悄无声息地引导着这苍白而温柔的节日。我的忧愁消失了。我听到我父亲对我轻声细语，皮娅在和我开玩笑，敌人在策划阴谋，而这一切似乎都是不真实的。现在唯一的现实就是这里的超现实光芒，我微笑着在祈求，我不理解是什么样神秘的相似性把我的痛苦与严肃的神秘结合在一起，它们对着天空和海上，在这里的树林里庆祝，大声说出它们的解释、安慰和宽恕，但这并不重要，因为我的聪明并不藏在秘密里，我的心智非常清明。我以圣母之名称呼此夜，我的忧愁熟识她在月亮上的姊姊，月亮照在夜晚已经变形的痛苦上，照在我内心深处，在那里一切乌云皆已消散，然后忧郁升起。

（二）

我听到了脚步声，阿孙塔正往我这边走过来，从宽敞的深色大衣里露出白色的脑袋。她轻声跟我说："我担心你受凉，趁我哥哥睡着后跑过来找你。"我往她靠过去，我在发抖，她把大衣披在我身上，为了固定下摆，用胳膊环绕住我的脖子。我们距离树林只有几步远，一切都沐浴在黑暗中。我们前面有东西在闪光，我们没办法后退，因为我们正靠着一棵树的树干，但我们脚下没有障碍，我们离开那里，一起走在月光下。我们的头互相靠着，她在微笑，我却哭了起来，我注意到她也哭了，月亮也哭了，月亮的忧愁和我们的忧愁连在一起了。它的强烈光芒照射进了我们的心扉，它和我们一样，不知道为什么而哭，在无可抗拒的绝望之下，慢慢把亮光转移到林子里、田野上、天空中，最后又再度停留在海上，我的心终于和她的心真正连在一起了。

十、逝去爱情的眼泪

小说家们或是他们的男主角又回到已经逝去的爱情，读者会觉得感动，但很不幸，这显得矫揉造作。过去我们写过很多，如今则极少，其中牵涉许多实质性的细节——比如在谈话里无意中提及一个名字，在抽屉里发现了以前的一封信，甚至当事人无意间偶然相遇，或是事后偶然发现对方曾经拥有过的东西等等，不一而足。在一部小说作品里头，这些都可能引起我们心灵的颤动，刺激我们脆弱的神经，甚至惹得我们流泪，但这些都和我们真正的现实生活有距离。在我们所生活的当下，对过去的事情不是冷漠就是遗忘，我们过去的爱人或爱情经验对现在的我们而言，至多只有美学上的意义，至于当初的爱和烦恼，甚至受苦等等，如今都已不再具有意义。这种现象所引起的深沉忧郁只是一种道德上的现实，带有心理学上的作用，不会持续，一个作家如果把这种现象写在开头而不是结尾，情况似乎会更好一些。

事实上，当我们开始去爱的时候，可能由于经验或是清醒头脑的作用，我们会有所警惕——但我们的心灵并不理会这些，而且还会坚持惯有的幻觉，凭直觉认为这会是一种永恒之爱——但不久之后，和先前一样，我们开始对这份爱变得冷漠无感，和对以前的爱没有两样……我们听到她的名字不会产生什么痛苦，我们看到她的字迹不会颤动，我们在路上碰到她时不会改道而行，我们再碰到她时不会感到不自在，我们再也不会对她产生任何遐想。我们会为先前可笑的想法感到讶异，我们以为我们会永远爱她，如今事实迫使我们认清真相，我们直想掉泪。爱，有一天会再度出现在我们跟前，在某个神秘而凄凉的早晨，爱又会翩然降临在我们身上，如同绵长而深邃的地平线一般一路笼罩过来，带着迷人的劫掠姿态……

十一、友情

每当我们有忧愁烦恼时，如能往温暖的床上一躺，会是多么舒服的一件事情。尽量让全身放松，甚至把头埋在被子里，什么都不想，轻轻发出哀鸣，好像秋天风中的树枝。但这里有另一张更好的床，充满神圣的气息，那就是我们那温馨、深刻以及无法取代的友情。每当我觉得忧伤或冰冷时，我就让那颗无助的心躺在那里。我也会把我的思想埋藏在那温暖的圣地，不必理会外面的一切，也不必自我武装，然而不久之后我又奇迹一般变得强壮起来，所向无敌，我为曾经有过的痛苦而哭泣，更为拥有埋葬痛苦的可靠场所而感到喜悦。

十二、忧伤之短暂作用

我们对那些带给我们幸福的人总是心存感激，他们像花园里的园丁，使我们的灵魂能够开花结果。但我们会更感激那些带给我们忧愁或冷漠的女性，以及那些残酷的朋友，他们践踏我们的心灵，使那里至今仍遗留许多残骸。他们像一场风暴的劫掠一般，挖走树干并折断树枝。然而，他们这样做却为我们未来不确定的收获埋下优良的种子。

我们打碎隐藏大灾难的小幸福，打开我们的心扉，他们使得我们有机会好好思索和判断，那些碎片似乎对我们有用，虽不能让我们得到满足，却聊以充饥：这些面包都是苦涩的。在快乐的生活里，在现实中，真正的面貌并非永远不变，利益会蒙蔽它，欲望会使其变形。通过生命的痛苦和苦涩的美学情感，比如在剧场里，我们看到他人和我们的命运结合在一起，感受到命运的残酷不公，戏剧艺术家为我们说出了人生的真相，说出了人受苦的本质，我们从中得到了共鸣。

唉！这种感觉带来的东西，反复无常会战胜它；比快乐更加崇高的忧伤，并不像美德一样持久。昨晚发生的悲剧，对我们造成多么重大的影响，我们必须认真面对，可是一到了今天早上，我们就差不多忘记了。我们会在一年之内忘记一个女人对我们的背叛，或是一个朋友的死亡。在这些似梦的碎片里，在这被幸福掩盖的假象里，一阵风吹过来，在这泪水的波浪里，埋下优良的种子，很快抹干泪水，让这些种子慢慢萌芽。

（根据库雷尔先生的《女宾》而作）

十三、对坏音乐的礼赞

你可以讨厌坏音乐，却不能轻视它。人们演奏坏音乐，并且卖力唱出，全心全力投入情感，丰富我们的梦境，甚至让我们流泪。你不得不肃然起敬。它在艺术上可能毫无可取之处，在社会的感伤史上却占有一席之地。对坏音乐的尊重——我不说热爱，不仅仅是好品位对它的施舍或是怀疑主义的一种形式，同时也是对音乐所扮演的重要社会角色的认可。有多少旋律，在艺术家眼中一文不值，都是由许多浪漫热情的年轻人和恋爱中人所肯定并加以挑选的。比如《金戒指》或《喔，长眠吧！》，这些歌谱每天晚上由许多名家的手不断加以翻阅，而这些手还可能沾满许多美丽眼睛所流出的眼泪，他们是最忧郁和最爱享乐的一群人——这可能是一些对这类音乐最忠实和最有热情的女拥护者，她们让忧愁变得高贵，不断歌颂梦幻，大家互相交换最炙热的秘密，她们沉醉在虚幻的美之中。普通民众、中产阶级、军人、贵族等等，他们都有相同的传递悲哀和快乐的经纪人，他们也都有相同而不为人所知的爱的信使，以及相同的爱的告白者。这是一群不入流的音乐家，像这样的滥调，我们拒绝聆听，却能得到许多人的喜爱，玩弄许多人的感情，成为他们最有活力的灵感来源。钢琴架上随时弹奏出最抚慰人心的音乐，成为最受欢迎且最梦幻的恩典。像这样的靡靡之音，像这样的"主题再现"，不断给恋爱中人或是梦幻者灌输一种天堂般的和谐幻象，以及爱的声音。一本滥调连篇的乐谱，差不多已经翻烂了，随时可以带给我们对墓地或乡村的丰富想象。房子盖得没格调，墓碑底下的坟墓不见了，或是品位不好，这没什么大不了。我们不能期待这类音乐会自行消失，我们不妨暂时消除我们在美学上的鄙夷声音，让许多人有个抒发情绪的出口，站在梦幻的门口去感受另外一个世界，在那里享受或是哭泣。

十四、湖滨相遇

昨天，在去布洛涅森林赴晚宴之前，我接到了一封她的来信，这是八天前我给她写了一封绝望的信之后她给我的回信，信里的语气很冷淡，还说她在离开之前恐怕无法跟我说再见。我的反应也很冷淡，是的，我立刻回信说这样最好，并预祝她度过一个美丽愉快的夏天。然后我换上衣服，随手叫了一辆马车，一路穿过布洛涅森林。我感到很忧伤，但很冷静，我决定忘掉这一切，我的结论是：这是一场短暂的情缘。

马车沿着湖边小径走着，我看到环绕湖畔的小路尽头，和我距离大约五十米之处，有一个女人正独自慢慢走着。起先我看不清楚她长什么样子，接着她向我挥手致意，虽然隔着点距离，我把她看清楚了，竟然是她！我在惊讶之余也向她挥手致意，她一直瞪着我看，好像要我的马车停下来，她要上来和我一起坐。刹那间，我竟不知所措，突然一股强烈情感来袭，紧紧把我攫住，我只得让马车继续走下去。"我刚刚猜到是她，"我心里暗叫道，"我大可不必理会她，她过去对我那么冷淡，不过她现在看起来似乎还是爱我的，喔，亲爱的！"一股幸福和笃定的感觉一拥而入，我忍不住流下了眼泪。马车已经快到阿蒙隆维尔，我擦干眼泪，眼前又浮起刚才那幅景象，她温柔地跟我挥手致意，并示意要上来和我坐在一起。

我神采奕奕地来到晚宴场所，我把我的幸福感觉以感激和亲切的方式传达给每一个人，他们无法想象那只和我打招呼致意的小手带给我的幸福感觉是什么样子的，他们只能看到我表面快乐的样子，却永远猜不透我内在的色欲的秘密。这时只剩T夫人还没到，大家不打算等她，但就在此时她还是到了。我认识这位夫人，她是个微不足道的女人，很会打扮化妆，却永远那么难看。不过我现在实在是太快乐了，一切过错和丑陋都可以原谅，我微笑着向她走过去，一副虚伪敷衍的样子。

"您刚才好像不是很友善的样子。"她说道。

"刚才？"我很惊讶地叫道，"可是我刚才并没碰到您啊！"

"怎么，您不认得我啦？当然我们的距离有点远，我正沿着湖边走着，您当时坐在马车上，一副骄傲得意的样子，我跟您挥手致意，还希望能搭您的便车，以免晚宴迟到。"

"什么，那是您！"我失声大叫，然后不断跟她道歉，"真是抱歉，真是失礼！"

"他今天看起来好像不太高兴的样子。欢迎光临，夏洛特，"女主人这时走过来说道，"真高兴你们现在互相认识了。"

我感到很沮丧，我的幸福全毁了。

真好！真有意思！事实的真相竟然是如此，这令我感到异常难过。原来她从头到尾根本是不爱我的，即使在我犯了这次的错误之后，她依然无动于衷，我曾企图与她和解，因为我错误地以为她也有这个意愿，结果不是，我无法忘记她，我感到很痛苦。我闭上眼睛，努力回想她举起小手向我致意的那一幕，那是一只有可能会为我拭泪和擦去额头上的汗的小手。她在湖边伸出那只戴着手套的小手，竟然象征着脆弱的和平、爱和妥协，她那忧郁和疑惑的眼神似乎在乞求我将她的手紧紧握住。

十五

一片血红色的天空吸引了行人的注意：那里正在发生一场大火。每次大火总会引发许多热烈的反省和检讨，火焰像烧着镜子一般，反射出许多问题。一些冷漠又欢乐的人，他们会睁大阴郁的眼睛，带着些许的忧愁。忧愁就像过滤器一般，延伸到他们的灵魂和眼睛之间，像是承受着"过去"，把活生生的灵魂的全部内容都放置在眼睛之中。从此以后，他们被自私心点燃着——这样炙热的自私心也曾经感染着那些与大火无关的人——他们干枯的灵魂像是王宫中的密谋场所，但他们的眼睛里还是不停燃烧着爱，微弱的露水开始浇洒，泛出光泽，最后竟泛滥了，无法制止，惊动了他们闪着悲剧性光芒的世界。这两个发光体从此各自为政，一样运载着满满的爱，从不冷却，继续发射出独特的光芒，像骗人的假先知，继续宣扬他们内心早已不存在的爱。

十六、陌生人

多米尼克坐在客厅火炉旁边等着客人的到来，每个晚上他都会邀请一位贵族大公和一些有才智之人来家里共进晚餐，因为他出身高贵又富有，本身也极有魅力，大家也都乐意来参加他的晚宴，不让他孤独。火炉里的火尚未点着，白日的余晖渐渐消逝在客厅里，突然他听到远处传来一声亲切的叫声，叫着他的名字："多米尼克！"接着又传来一次，既远又近："多米尼克！"他感到害怕，全身发冷，他从未听到过这样的声音，可是他认得这个声音，这是以前一位被杀死的贵族的声音。他仔细回想自己以前有没有犯过什么罪，他完全不记得了。可是听这声音的口气，好像在责备他曾经犯下的罪过，而他自己却不知道，这引起了他的忧伤和恐惧。他抬起眼睛，看到一个陌生人站在他面前，显得很严肃又很亲切，样貌很模糊，又令人震撼。多米尼克很有礼貌地和他打招呼，并且故作镇定。

"多米尼克，我是不是唯一一个你没邀请来晚餐的人？你和我之间有一笔旧账要算，以前的一笔账。我现在要教你一件事情，那就是你以后老了如何做到不需要人来陪伴，没有人会来陪你的。"

"我邀请你今晚来吃晚餐。"多米尼克用很严肃热情的口吻回答他，他自己都感到意外。

"谢谢。"陌生人回答道。

陌生人手指上所戴的戒指，并未镶嵌任何宝石，而且他讲话时中气并不是很足，然而他眼里所流露的那种友爱却让多米尼克感到很幸福笃定。

"如果你想要我留下来陪你，你首先得把其他客人打发走。"

这时多米尼克听到有人在敲门，火炉里的火一直未点着，天色已经完全暗了下来。

"我不能把他们打发走，"多米尼克回答道，"我无法独处。"

"事实上，我留在这里，你等于也是独处。"陌生人悠悠地说，"不管怎样，你还是得把我留下来，你曾经冒犯我，现在必须补偿我。我比其他那些人更爱你，我要教你不必需要他们，以后你老了，他们不会再来找你的。"

"我不能没有他们。"多米尼克说道。

他觉得刚刚为了一个专制而粗鄙的习惯的要求而牺牲了一桩高贵的幸福，而这个习惯的要求所带来的乐趣绝对比不上陌生人的简单要求。

"赶快决定！"陌生人用哀求而坚定的语气说道。

多米尼克走向大门为客人开门，同时要求陌生人不要转过头来：

"你到底是谁？"

然后陌生人就消失不见了，临走前他说道：

"今晚你在习惯面前牺牲了我，明晚你会更加坚持，你对我所造成的伤害也会越来越深。你继续坚持下去，就会离我越来越远，也更加深我的痛苦，最后你就会把我给杀了，你就永远见不到我了。你需要我比需要他们多很多，下次不知什么时候你就会被他们所抛弃了。我就在你身体里面，要不就在离你不远的附近，但现在却离你远去了，我就是你的灵魂，是你自己。"

客人陆续进来，大家走向餐桌，坐下来开始用餐，多米尼克本来要跟大家讲述刚才遇到陌生人的事情，但突然感到厌烦和疲惫，吉罗拉莫适时打断了他，大家高兴，多米尼克自己也高兴，这时吉罗拉莫下结论说：

"永远不要独处，孤独会引发忧郁。"

大家开始饮酒，多米尼克很高兴和大家闲聊，可是感觉没什么乐趣，尽管大家都说今晚的聚餐很愉快很成功。

十七、梦

你的眼泪为我而流，我的嘴唇将饮尽你的泪水。

——阿纳托尔·法朗士

我很轻易就回想起星期六那天（四天前），我就多萝西·B

夫人发表了些什么意见……很偶然地，大家正好在那天谈到了她，我就很实在地说，我觉得她毫无魅力，而且不聪明。我看她大概二十二或二十三岁，其实我对她了解不多，每次想到她，总想不起她身上有什么吸引人的地方，我眼前浮现出的只有她的名字。

星期六那天晚上我睡得很早，半夜两点时吹起强风，我必须起来关窗，我就是这样被弄醒的。在刚刚那段短暂的睡眠当中，没有梦，没有纷扰，感觉神清气爽。我再度回床上睡觉，很快就又睡着了，却断断续续被梦干扰，不断醒来。我做了很奇怪的梦，很真实的梦，好像就发生在现实世界之中，我梦见特鲁维尔在大罢工，我躺在一个不知名花园中的一个吊床上，一个女人用很温柔的目光盯着我看，那是多萝西·B夫人……我讶异的感觉并不亚于那天上午清醒时第一次和她见面时，因为我此刻所看到的多萝西·B夫人显得既漂亮又聪明。我们深情款款地对望了很久，我内心感到无比的幸福，我对她流露出无限的感激，可这时她却说：

"你那么感激我，真是疯了，你先前不是已经对我流露过相同的感激了吗？"

这种感激之情的流露（已经非常明确），更加深了我和她之间感情的紧密联结，也让我心旷神怡到快要胡言乱语的地步，她微笑着伸出一根手指头对我做了一个非常神秘的动作，我觉得似乎在说："你所有的敌人，所有不好的事情，所有的遗憾，所有的弱点，统统消失了？"我沉默不语，好像默认她已在我身上轻易取得了胜利，驱走了所有不幸，吸走了我所有的痛苦。她走到我身旁，伸手抚摸我的脖子，同时轻轻触碰我的小胡子，然后对着我说："咱们现在一起走入人群，开始正式生活。"我感到一阵狂喜，身上涌出一股获得这种虚幻的幸福的力量。她从胸口拿出一朵尚未开放的黄色玫瑰插在我外衣的扣子上，突然之间，一阵新的带有情色意味的狂喜又再度来袭。这朵黄色玫瑰花的香味不断往我的鼻子扑来，我在心旷神怡之余，突然感觉到她对我的陶醉有着一股奇怪的反应，特别是她的眼睛（神秘而不可理喻，那是她最大的特点），轻轻颤动着，像是要掉下眼泪，可这时我的眼里早已泪水汪汪。她的头触碰着我的脸颊，我沉浸在这神秘而生动的陶醉里，她伸出舌头舔着我脸颊上和眼睛周围的泪水，然后发出一声咕噜的声响，像是一记无以名状的轻吻。她吞下了我的泪水，这使得我当下感动莫名。这时我突然醒了过来，外面正雷雨大作，雷电交加，我感觉还犹如身处梦中，等看清楚了房间四周围的环境，才知道刚才是一场虚幻的美梦，令人无法置信。这时，即使事实仍摆在那里，她的真实样子不会改变，多萝西·B夫人现在在我脑中的印象已不像前一天那样不堪，她先前在我记忆中所留下的微弱的粗鄙印象，现在已经一扫而空，好比一场大潮水过后留下的痕迹那样微不足道。我产生一股欲望，想见她或写信给她。在一些谈话场合，一听到有人提到她的名字，我的内心就颤动一下，事实上在今晚之前，这个名字所代表的意义是微不足道的，跟世上最平庸的女人没有两样，根本引不起我的注意，可是现在比起那些最漂亮迷人的女人，她对我的吸引力却要大上许多。我并没有真正去见她，我将把我的生命献给另外一个"她"。我梦中的印象在慢慢消逝，越来越模糊，好比我们在桌上放着一本书打算读，白日将尽，光线慢慢消逝，夜晚降临了，我们不想读了。为了在想象中重温梦中景象，我必须先停止一会儿，好比在读书时，为了厘清书中角色的复杂关系，我们必须先闭一闭眼睛想一想。现在即使印象已消逝得差不多，但她所激起的涟漪，她的香水带来的快感，仍然隐约在我身上作祟。我会有机会再见到她，却不带任何感情。我绝不会跟她提及我在梦中见过她，她会觉得莫名其妙。

哎呀！我的爱和我的梦一样，带着一股神秘的变形力量，一起消失得无影无踪。你虽然认识我所爱的对象，却未曾出现在我的梦中，你不会了解为什么，也不要问我。

十八、记忆里的风俗画

在我们的记忆里，我们存留着一些小纪念品，比如荷兰的绘画，或是人物状况普普通通的风俗画，这些画都是最平凡、最简单的日常生活的产物，没有记录特别严肃的事件，或根本什么事件都没有，装在一个既无修饰亦毫不讲究的画框内展现出来。里头的人物或场景都很自然淳朴，却能够闪现温和的光芒，让我们在观赏时，感觉沐浴在美感当中。

在我的生活中就充满这么平凡的东西，我很自然地生活其中，既无大喜亦无大悲，一切平平淡淡，感觉愉悦满足。田野景观美丽宜人，乡下老农朴实无华，他们体魄健壮结实，精神奕奕，心灵自然淳朴，我以前碰到的许多乡下来的年轻人都具有这些特质，后来也陆续碰到过许多。在那样平静无扰、与世无争的环境里，一切按照自然的支配方式，心灵无拘无束，生活的乐趣是无穷的，乐趣越多，我们就更加向往。过去那段生活的经验对我今天的生活帮助良多，让我回味无穷。如今看到这些风俗画，它们所展现的那种快乐和充满魅力的景观印着时间的痕迹，也充满着诗意。

十九、乡间的海风

我将带给你一棵有着紫红色花瓣的罂粟。

——泰奥克利特《独眼巨人》

海风吹过乡间，来到小林子里的一座花园，在阳光下洒落它那若隐若现的香味，撼动着林子里的树枝，直到完全消散在闪闪发亮的矮树丛之中，在那里微微颤抖着。树木，晒干的衣物，开屏的孔雀，都在地上形成阴影，对抗着一阵阵吹过来的风，好像放歪了的风筝。在这风和阳光互相交杂的香槟地区的一角，景观看起来很像海边所特有的。我们爬坡来到道路的最高处，在那里风和阳光肆虐着，阳光普照，万里晴空，这看起来不是很像碧海连天、海浪滔天的海边景观吗？你每天早上都来这里，手上捧着花朵和柔软的羽毛，一只野鸽，一只燕子，或是一只松鸦，在你头上飞来飞去，可能突然就掉在小径上。我帽子上的羽毛被风吹得动个不停，插在我外套扣子上的罂粟叶子掉个不停，我们只好赶紧回去。

屋子在海风吹拂之下，一直呼呼作响，好像一只小船，我们听到外面看不见的帆张开，也听到看不见的旗子咯咯作响。在你的膝盖上放一束新鲜的玫瑰花，让我的心在你紧握的双手之间哭泣。

二十、珍珠

我在早上回来，在寒冷中上床睡觉，哀伤和冰冷使得我颤抖不停。刚才在你房间里，你和你那些昨晚留下来的朋友，在讨论着隔天的计划——那么多敌人，那么多阴谋，都是冲着我而来——你那时的想法，那么的遥不可及，距离把我和你分开。现在我们隔得很远，我们的处境很不理想，好像永远也不能再见面，但一个吻就能化解这一切，让我能更清楚地看着你的脸，也更满足我对爱情的向往。该离开了，我离开了你是多么哀伤和冰冷！可是突然之间，不知是受什么魔力的影响，我们过去所熟悉的幸福梦想又重新出现了，像一股熊熊燃烧的烈火，在我的脑中重新燃了起来。藏在被子里的手变温热之后竟散发出一股玫瑰香味，我想起来，那是香烟的香味，你曾经给我的香烟的味道。我忍不住把手放到嘴边去好好闻那香味，我陷入了炙热的回忆当中，我深深回想着那温柔和那幸福，还有"你"！啊！我的小可爱，就在你不在我身旁的时候，我沉浸在对你的回忆当中——这时回忆弥漫了整个房间——我不必看到你或摸到你，我不得不说，我要一再强调，我不能没有你。只要有你，我就全身发光发热，就像你身上的珍珠，陪着你度过晚上，闪闪发亮。我像那珍珠，活在你的热度当中，一旦你抛弃了我，我就唯有去死一途。

二十一、遗忘之岸

"人们说死亡会美化死去的人并夸大他们身上的美德，或者更宽泛地说，夸大对他们不公的生活。死亡是公正而无可诟病的见证人，根据现实和慈悲的原则，它告诉我们，每个人身上的善要多于恶。"这是大历史学家米什莱所说的有关死亡的事实，如果死亡是建立在不快乐的大爱上面，他的说法就更显得正确。生命在带给我们那么多苦难之后，对我们已经不再有什么意义了，是否应该如一般的说法那样，请"带给我们死亡"？我们为死者流泪，我们依然很爱他们，我们会怀念他们生前的许多好处，我们会常去他们的坟前祭拜。反之，如果生命在带给我们各式各样的磨难之后，阴影一直挥之不去，不管是痛苦或喜悦，一直深植于我们身上，那么对我们而言，死亡的意义就不再那么单纯。在追逐世上的荣华富贵，并对其加以诅咒和藐视之后，由于我们长期花费心力在这上面，已经精疲力竭，再也无法判断这些东西是否值得，即使这些东西在记忆里还是那么美好。然而，这些判定并非永久不变，它们有时会折磨我们的心灵，有时令我们盲目而无法洞悉其中的残酷，有时则让我们大彻大悟而要加以终结，就是为了要结束那背后的摇摆不定。然而当我们站在一个高度看这个现象时，我们会觉得其中的价值是不变的，因为我们会忽略死亡的存在，而认为那就是永恒的生命本身。我们了解，这之间只有友谊而没有爱，记忆不会美化，而爱只会带来扭曲。那些什么都要的人，他们野心勃勃，而且还真能达成愿望，最后得到的可能会是一种荒谬的残酷。现在我们了解到，这是死亡的宽容特质，我们在生活中，不管是遇上绝望还是反讽，或是持续不断的专制，都不会沮丧。死亡永远是温和的。对我们而言，今天有许多话语似乎显得很公正而且吸引人，说我们从未了解死亡，是因为它从来不爱我们。我们刚好相反，我们老是怀着不公正的自私，带着严酷的态度去谈论它，我们难道不是亏欠它很多吗？如果这伟大的爱之潮汐永远不退却，我们散步来到海滩捡拾奇怪而美丽的贝壳，把贝壳放到耳朵旁边，带着忧郁的愉悦去倾听，我们再也不会听到过去遭遇的苦难发出的声音。我们开始带着怜悯之心去想它，即使过去有过什么样的不幸，我们从未好好爱过它，现在要好好补偿。对我们而言，它不再是"比死亡更多"，我们会带着热情的态度去好好回想它。公正的做法是，我们要记得我们曾经拥有过它，通过公正的美德，让它重新有力地活跃在我们心里，我们要好好冷静地回报它，眼里含着泪水。

二十二、圣体存在论

我们在恩加丁的一个被遗忘的小村子里相爱，有两件小事值得一提：在这里我们已感受不到普法战争留下的声响，此外，四周有三片不为人所知的绿意盎然的小湖，湖的四周种满冷杉树。冰川和山峰布满整个地平线。晚上，地面变化多端，柔和的亮光此起彼落。我们忘得了下午六点黄昏时分在锡尔·玛利亚的湖边散步？一片黑色落叶松，显得肃穆庄严，光亮照人，和湖边闪闪发亮的积雪联结，延续至浅蓝色的湖水中，辉映成趣，形成极美丽壮观的景色。有一天晚上，我们抓到一个凑巧时刻，太阳逐渐西沉，落日余晖轻轻拂过湖面，反射出许多不同色调的光泽，观来真是心旷神怡。突然我们看到一只粉红色小蝴蝶，接着是两只，三只，五只，好多只从湖岸花丛里飞向湖面，不久形成一团粉红色粉末状的东西，飞向对岸的花朵上，然后又飞回来，就这样两边飞来飞去，有时甚至还停在湖上方，看上去像矗立在湖上一枝快要凋谢的大花朵，这景观实在太神奇了，看得我们感动到直想掉泪。这些小蝴蝶在湖上飞过来又飞过去，等于同时在我们的灵魂上面来来去去——让我们的灵魂在面对这些美景时，不停颤动着——好像琴弓那样性感地来回拉动。它们轻轻飞翔着，从来不会触碰水面，却像是在抚摸着我们的眼睛和心扉，我们专注地看着它们不停挥动着粉红色的小翅膀。每当我们看到它们从对岸飞回来时，可以很明显地看得出来它们是在嬉戏，好像在水上漫步，整个景观显得很和谐，它们会迂回着慢慢飞行，动作一致，形成一种和谐的韵律感，非常地撩人心弦。看着它们静静地飞来飞去，我们的心灵忍不住跟着谱出自由悦耳的旋律，和四周的环境，包括湖、湖边的林子、天空，以及我们的生命，紧紧结合在一起，显露出一种充满魔力的和谐，让我们感动得直想掉泪。

今年我从没和你说过话，也未和你见过面，但我们在恩加丁却相爱着！我从未和你好好相处，但也从未把你留在家里。你总是陪我一起散步，在餐桌上一起吃饭，在床上一起睡觉，一起做梦。有那么一天——是否可能出现一种突如其来的直觉，一个神秘的信使，不提醒你过去充满稚气的生活，而是要你带给我"圣体存在"的感觉？——有那么一天（我们从未真正见过意大利），有人莫名其妙地对我们提到阿尔格伦这个地名："从那里可以看到意大利。"我们就出发前往阿尔格伦，我们想象在那里，站在山峰的顶端，意大利将出现在我们眼前。我们随着山峦一路望过去，我们来到一片蓝色的山谷，那里蕴藏着我们的梦想。我们一路走着，来到了边界地区，事实上边界两边的土地都是一样的，我们觉得有点失望，可是继而一想，我们会这样想实在有点好笑。

我们来到山顶，我们感到有点头晕目眩，望着眼前的一切，我们终于实现了我们稚气的想象。我们旁边是一片闪闪发亮的冰河，在我们脚底下有许多溪流潺潺而流，纵横交错，全都流向原始的绿意盎然的恩加丁小村庄。我们来到一座神秘的丘陵，我们爬上一些小斜坡，上上下下之后，突然眼前出现一片蓝色，还有一条通往意大利的亮晶晶的大道。这里的名称都和我们那里的不一样，但我们很快就适应了，甚至觉得无比美妙。有人为我们指出波斯基亚沃湖，维罗纳的城墙，还有维奥拉山谷。然后我们来到一个很原始、很孤立的地方，乍看一片荒芜，看不到进去的通道，我们不知道要往哪个方向走，也许正因为这样，我们产生了美好的幻觉，竟爱上了这里。我因为你的物质主义倾向没带你来，为此感到非常遗憾，甚至大为懊悔。我往下走到一个还算是高的地方，许多旅客会聚在这里欣赏风景，附近有一家孤零零的小客栈，里头摆着一本簿子给客人签名，我在上面写下我的姓名，然后在旁边也写下几个字母的组合，暗示着是你的名字，我想借此阐明把物质和精神摆在一起是有必要的。我在簿子上写下你的名字的含义，我那被你压抑的灵魂似乎松了一口气，我很期待有一天能够把你带来这里，看看我为你签的名字，然后我们一起爬上高地，你可借此报复我对你所流露的哀伤。我不会对你说出我的哀伤，你会了解的，或者你应该记得的，在往上走的时候你全身放松，只在我身上使出一点点力量，你要让我知道你的状况很好，你的双唇还保留着那东方烟草的微微香味，唤起了已经遗忘的过去。我们疯狂喊着天国的荣耀，连最远的人都可以听到我们的喊叫，地上低矮的草在高地微风的吹拂下，在那里孤单地颤抖着。我们往上爬，你的脚步放得很慢，还一边喘着气，我把脸颊靠过去听你的喘气声：我们都疯了。我们来到一片白色的湖边，旁边有一片黑色的湖，好像一颗白色珍珠旁边摆着一颗黑色珍珠。我们在这被遗忘的恩加丁小村里相亲相爱！只有山里的向导才能够接近我们，这些向导个子都很高，他们的眼睛会反映其他人除了眼睛之外的一切，因此他们就像另一片水。我不再担心你，还没拥有就已觉得厌烦，柏拉图式的爱情也有令人厌烦的时候，我再也不带你来这种地方了，你对这里一无所知，但你的忠心耿耿却令我感动，你看我的眼神充满魅力，那种魅力令我联想起这些德语和意大利语的奇怪名字：锡尔·玛利亚、席尔瓦·普拉纳、克雷斯塔尔塔、萨马登、切勒里纳、朱利尔、维奥拉山谷。

二十三、内在太阳的西沉

和大自然一样，人的智慧有其特别景致。太阳的升起或是令人心灵颤动以至想掉泪的月光，其魅力从来不会胜于我每天黄昏日落散步时带给我忧郁的日光，这和太阳西下时海上泛起的亮光是有所差别的。我们在夜里总是加快脚步，好像古代的骑士骑着骏马带着使命飞奔一样，我们带着昂扬的信心和喜悦，投身于骚乱的思想，将之导向正确的方向，然后自由自在往前迈进。我们带着极度的热情走过阴暗的乡野，我们跟夜里的橡树打招呼，像田野那么严肃，像史诗那么庄严雄壮，我们怀着陶醉的心情一路挺进。我们的眼睛望向天空，没有激情和狂热，在云缝中还可以瞥见正在沉睡的太阳，以及我们思想的神秘反光：我们一步步陷入乡野，狗在后面跟着，我们骑在马上，有朋友自杀，我们尽量聚在一起以避免这种事情的发生。

花朵插在我们的扣子孔上，我们狂热地挥动着棍子，我们用目光和眼泪迎接我们梦里的那些人。

二十四、像月光一样

夜晚降临，我来到我的房间，感到很焦虑，我躺在无法看到天空的阴暗角落，那里也无法看到田野和在天空底下闪闪发亮的大海。当我打开房门时，我发现整个房间好像被夕阳照亮一般。从窗口望出去，我看到了房子和田野，还有天空和大海，感觉在梦中好像见过，"似曾相识"，但温柔的月光却又提醒我，我未曾见过这些，月光在它们的轮廓上面掠过，没留下任何印记，可能就忘记了。我花了几个小时的时间望着院子里无声的回忆，那些模糊、快乐又苍白的事物，在白天的时候，不管带给我快乐或痛苦，总是发出嗡嗡声或是叫个不停。

爱情消逝了，我站在遗忘的门槛上感到很害怕，我所有过去的幸福或是已经痊愈的伤痛，都已经平息，却还是模模糊糊围绕在我身旁，既近又远，像月光那样投射在我身上，无声无息。它们的静默使我变得无动于衷，但它们的距离和飘忽不定的苍白却又挑起了我的忧伤和诗意，我不停注视着这内在月亮的光芒。

二十五、对爱情光芒的期待之批判

不到一个小时的时间，她就会在我们面前魅力尽失，如果我们的心胸够宽大，有足够的辨识能力，我们把她远远抛却在后，把她留在记忆的路途上时，也许多少还能感受到一些她的魅力。我们往一个诗意的村庄进发，我们加快脚步，带着迫不及待的期望，拉着喘着气的马匹，越过一个丘陵之后，看到一片披着面纱的和谐景象，映入眼帘的是一些粗俗的街道，杂乱无章的房子，隐约埋没在地平线上，弥漫在一层渐渐消散的蓝色雾气之中，这样的和谐并未能说明什么。我们就像炼金术士一样，他老是把他的每一次失败归于一些不同的意外因素，就是不愿意承认他的技术和材料有问题。我们会抱怨环境的恶劣，处境不如预期，女主人态度不佳，我们的健康没顾好，天气恶劣，投宿的旅馆不够舒适，这些都破坏了我们的预期。当然有人乐于出来消除这些破坏性的因素，但不管怎么样，我们还是一心一意要去实现我们的梦想，甚至还赌气摆出一副非实现不可的姿态，也就是说，实现梦想中的未来。

有些好思索且多愁善感的人，比其他人更热烈期待希望，却很快就发现，哎呀，等了几小时还不见希望的曙光出现，反而是内心许多莫名的火花不断射出，却连火炉都点不着。他们感到他们所渴望的东西对他们已不再具有吸引力，他们决定放弃他们内心曾经很活跃的追梦欲望，在爱里头，这样要放弃的欲念更加坚定，他们想象中要奋战到底的念头终于瓦解了，仅剩下绝望。不快乐的爱既不会带给我们幸福，连虚无也不给我们。哲学的教训，老年人的忠告，野心的挫折，都指出爱的愉悦最后都是指向哀怨的结局！你爱我，最亲爱的，你不知道你这样说有多么残酷吗？爱的幸福此时浓烈地散发着，可是只要动脑筋仔细去想，就忍不住头开始晕眩，牙齿打颤打个不停。

我拆开你的花朵，我轻轻捧起你的头发，我拿下你的首饰，我轻轻抚摸你的肌肤，我吻遍你全身，一如海浪冲击整片沙滩，但你却躲着我，躲开幸福。我决定离开你，却又忍不住回来，我感到很忧伤。一想到上次的灾难，我就想永远不要回到你身边，我现在已经打破这个幻象，我再也不要为这种事情不快乐了。

我也不知道我怎么会有勇气跟你说这些，我为能够断然拒绝你的慰藉而感到快乐，因为你有时流露的自信眼神还是会让我感到迷惑。其实仔细看，那只是你的直觉和欺瞒的一种自我防卫而已，早就没什么魅力可言了。我们一直在隐瞒这个秘密，我现在不得不大声说出，因为那已经没什么意义了。我们对未来的美丽憧憬如今早已荡然无存了，这种憧憬是一种信心的表现，却被我们所滥用：如今它死了。我们继续在一起，已经毫无乐趣可言，对未来也没什么期待，明明知道已经没什么希望，却还要期待，我是做不到的。

然而，还是请你往我这边靠过来，我亲爱的女友，揉揉眼睛，看清楚些，我不知道是否眼泪遮挡了我的视线，但我分辨得出在我们后面有一把火在燃烧。喔，我亲爱的小女友，我好爱你！把手给我，我们不要太靠近这把火……我觉得过去宽容又强大的记忆把我们结合在一起，它努力要我们复合。

二十六、灌木丛

对于树这个族群，我们未必会害怕，却有必要去多加了解。这些精力旺盛而平和的树不停为我们制造有利的元素和静谧的芳香，除此之外，我们会经常花几个钟头的时间与之相伴，享受其清新而宁静自在的庇荫。我们来到诺曼底海边，多少个炙热的午后，在火红的阳光照射下，我们躲进诺曼底的"深处"，从那里往上种着一整排又高又浓密的山毛榉，好像一道长长的防波堤，阻挡海上的阳光渗透进来，当然几丝散漫的光线还是从叶子的缝隙飘进来，有节奏地洒在一片静静的、黑色的矮灌木丛上面。处在这样的环境里时，在灌木丛里，我们的精神不像在海边，也不像在平原或山上，可以随意伸展，我们局限在一个狭隘的范围内，但一样有截然不同的乐趣。灌木的根深入土壤，可说根深蒂固，树虽然长不高，树干还是一样往上伸展。我们躺了下来，头垫在干燥的树叶上面，舒舒服服躺着，一动不动，精神跟着活跃了起来，随着树枝一路高高伸向天空，树枝上有一只鸟儿在唱歌。树底下到处都有零乱的阳光滞留着，这些树都隐约散发着湿气，树叶在阳光照射下闪闪发亮。其余部分，各居其所，无声无息，默默享受没有纷扰的幸福。这些树木，瘦瘦细细地挺立着，被繁茂的树枝供养着，好像在静静地休息，样子看起来很奇怪，却也很自然，低吟着邀请我们认同这么一种既古老又年轻的生命，和我们迥然不同，却永不衰竭。

一阵微风吹来，稍稍撼动着这些明暗相杂的树木，微微摇动着树顶上的光芒，以及树底下的阴影。

一八九五年八月写于小阿布维尔（迪耶普）

二十七、栗子树

每当秋天来临，栗子树会开始变黄，这时我特别喜欢来到一大片栗子树底下，在那里待上几个小时，沉浸在这神秘而绿意盎然的树洞里，抬头望向如瀑布般的、明暗相杂的金色光芒。我很羡慕住在树上脆弱而深邃的绿色小屋里的红喉雀和松鼠。两百年来，每年春天来临时，这些悬在树枝上的小花园就会布满芬芳的白色花朵。经年累月下来，这些树枝不知不觉慢慢往下垂，直垂到地上，变成一棵一棵新的树，头顶着地上。这些仍留在树枝上的白皙叶子又会繁殖出新的叶子，慢慢变得坚挺茂盛，披满整个树干，树干就像一支漂亮的大梳子，支撑着这些四处散布的金黄色头发。

一八九五年十月写于雷维永

二十八、大海

大海会吸引那些人生不如意且充满神秘想象的人，他们心中有许多忧愁，对现实生活不满意，身心俱疲，大海适巧可以为他们提供休息和慰藉，令他们充满活力。大海不像陆地，既无一般人类生活的要素，亦无工作约束，那里什么都没有，只有防波堤和来来去去的海浪，而且它拥有陆地所没有的纯洁，这片纯洁之水是那么可爱可亲，不像陆地上的土地那样硬邦邦，必须用十字镐去翻掘。一个小孩的脚踏入水中时会引起一阵涟漪，还会发出一声清脆的声音，紧接着水痕完全消失，然后整个大海又回归开天辟地时的宁静无声。对于那些疲于在陆地上奔波的人，或是那些知道在陆地上会变得粗俗难过的人，大海虽然危险、不确定或更荒芜，却也更温柔，对他们更具吸引力。大海就是神秘，无远弗届，一片宁静祥和，放眼望去，没有房子，没有阴影，上面也是一望无际的天空，天边的云彩就像天空中的小村庄，或是一片树叶。

大海充满了魅力，晚上更加散发着无比的魅力，对我们这些忧心忡忡而晚上无法入睡的人，它会安抚我们睡着，它也像小孩晚上睡觉时旁边的小灯，一直陪在旁边不会熄灭，让小孩不会觉得孤单。大海不像陆地那样和天空隔开，它永远和天空色彩一致，充满和谐，有时还会激发出极为耀眼的美丽色调。它在阳光照射下发出光芒，可是一到晚上，光芒随着太阳的西沉而消失殆尽，虽然太阳不见了，大海还是会对其念念不忘，还是会残留着余晖，面对着一片黑暗的大地。这时海上仿佛飘出一股淡淡的哀伤气息，我们这时望着一片幽暗的大海，感受着那股哀伤气息，内心就忍不住慢慢下沉。夜幕降临之后，天空和大地一起陷入一片黑暗，这时海上还会泛着淡淡的光芒，我们不知道那深不可测的海底藏有什么神秘的东西，也许是白日里的什么珍贵圣物在那底下缓缓流动着。

它会不断激发我们的想象力，虽然它从不会理会我们人类的生活；它同时还会抚慰我们的灵魂，它会默默地、无声无息地、无止无尽地低声哀号，借此来激励我们，好比用音乐来给予我们快乐；它不像语言那样，说出事物的本质，讲出人是什么，它只是不停地探询我们的灵魂。我们的心灵和它的波浪一起冲刺，跟着它一起起伏漂荡，有时还会忘记它的力道的不足，但我们的心灵仍会在大海的哀伤之中感受到一种亲密的和谐与无比的慰藉，和万事万物结合在一起。

一八九二年九月

二十九、海边即景

我说过什么话我已记不得，也许我应该把这些说过的话再说一遍，根据多年来在我心中酝酿的想法把这些话全都再说一遍，你们就倾听着，我将毫无保留地再说一遍。首先我要轻轻松松地回到诺曼底，到那里的海边。我会从两旁有树木的道路过去，那里经常吹着夹杂着盐味的微风，从那里也可以看到整个诺曼底海滩，以及潮湿的树叶和牛奶。我对这些土生土长的事物一无所求，这些事物对在这里出生的小孩很慷慨，它们会常常提醒他们注意一些已被遗忘的事物。在我仍未看到海时，海上就先不断吹来香味。我也先微微听到海的声音，心怀怜悯和焦虑，走上一条种满山楂花树的道路，这条路以前很有名，我走着走着，突然发现路被一道篱笆隔了开来，在不远处瞥见一位多年不见的女友，那位哀伤的老皇后，就是那大海了。我终于看到了大海，那是某一天在太阳的暴晒下，在昏昏欲睡状态下，我看到大海正反射着天空的蓝色，显得有点苍白。远远看去，水面上铺着一些白色的渔网，好像放在水上的蝴蝶，一动不动，像是被晒昏了一般。有时海水会波动起来，在太阳光照射下，看起来好像一片黄色烂泥巴，不停波动着，从远处看去像是一动不动，好像覆盖着一层白雪一般，闪闪发亮。

三十、海港的桅帆

在一个狭长的港口内——这个港口看起来像是两个突起的堤岸之间的蓄水塘，在夕阳照耀下闪着亮光——许多行人停下来，站在那里观看。这些行人像是昨晚才来的外地人，今天准备要离开，港湾里已经聚集几艘船，在等着他们。这些人昨晚投宿在附近的一家小客栈，身上还沾着客栈里的湿气，他们根本不在意他们在人群中引起的注意，因为他们觉得这些人很粗俗而自觉高他们一等，甚至没有人听懂他们所讲的语言，因此再也没有人去理会他们。船头的船柱说明了他们是远道而来，他们一路奔波，风尘仆仆，掩饰不住浑身的疲惫。他们有气无力却又带着哀伤和傲气转向海洋，他们曾在那里乘风破浪，或是一度迷失在那里。水里那美妙而错综复杂的缆绳闪闪发亮，好像具有预知能力，知道迟早有一天将打碎那不可知的命运。如果说这些人最近刚从既烦人又美好的生活中抽离出来，那么明天又要回去继续接受淬炼，他们船上的帆在风的吹拂下，又慢慢鼓起，帆慢慢斜着往上，昨天是往上拉，从船头到船尾，整个船身保持着弧形状态，慢慢滑行，沿着神秘又灵活的轨迹前进。

妒意的终结

一

不管我们有没有要求，请带给我们良善，同时把邪恶带离我们，即使我们曾要求过邪恶。

我认为这个祈求很美好也很肯定，如果你发现有什么东西可取，就不要隐藏。

——柏拉图

"我的小树，我的小驴，我的母亲，我的兄弟，我的故国，我的小上帝，我的小陌生人，我的小莲花，我的小贝壳，我的至爱，我的小植物，全都给我走开，我要穿衣服，我们八点在博姆街会合，我请求你，八点一刻以前一定要到，因为我已经很饿了。"

她想把房间的门关上，不让奥诺雷进来，他对她说："脖子！"她乖乖把脖子伸过来，一副顺从又夸张的模样，把他惹得忍不住大笑：

"你还是不肯开门，你的脖子和我的嘴巴之间，你的耳朵和我的小胡子之间，你的手和我的手之间，存在着一种很特殊的友谊，我敢保证，即使我们不再相爱了，这些友谊还是会继续存在的，就像前一阵子我和我的表妹波勒闹翻之后，我无法阻挡我的仆役去跟她的女仆聊天一样，我现在就无法阻挡我的嘴巴和你的脖子接近。"

他们现在仅相隔一步之遥，突然他们互相注视着，企图在对方的眼睛里寻找对方还爱自己的踪迹。她站着，停顿了一秒钟，然后像窒息一般喘着气躺入一张椅子里，好像刚刚赛跑完那样。这时，他们的嘴唇都做出打算亲嘴的动作，同时以严肃昂扬的声音几乎不约而同地喊出：

"我的爱！"

她晃动着头，以阴沉哀伤的语调再一次叫道：

"是的，我的爱。"

她知道他无法抗拒她这小小的晃头动作，他迫不及待地立刻抱她吻她，并轻声说道："你真坏！"这话说得多么温柔可亲，她的眼眶被泪水打湿了。

七点半的钟声敲响，他起身离开。

奥诺雷先回到家里，他不断对自己重复着："我的母亲，我的兄弟，我的故国，"他停下来，"是的，我的故国！……我的小贝壳，我的小树。"他在念这些东西时，自己都忍不住笑了出来，这些字眼都有其固定所指，但很快念出来时，显得空洞，意义却是无穷的。这些字眼如果不假思索即赋予爱丰富意义时，就具有一种约定俗成的文法功能。

他穿衣服准备赴晚宴之时，回想着刚刚去见她的情况，她像个在甩单杠的体操选手，这时正飞离单杠，准备飞回来握住单杠，也好像一个乐句在追赶一个和弦，以期互相协调，而这中间仍然隔着距离。这正是奥诺雷过去一年来的生活状况，每天匆匆忙忙从早上到下午，过着一成不变的生活，他白天的现实生活不是由十二或十四个小时所组成，而是由四或五个半小时所组成，处在等待和回忆之中。

奥诺雷来到阿莱里奥弗尔公主家几分钟之后，谢欧娜夫人随后跟着进来。她跟女主人及其他客人问好之后，走到奥诺雷旁边，随意问候一下，就拉着他的手，好像要去加入别人的谈话。如果他们之间的亲密关系为大家所周知，大家就会相信他们是一起过来的，她在门口等了一会儿，随后再独自进来，她是不会和他一起进来的。然而他们可能已经有两天没见面了（一年来这倒从未发生过），如今在这里不期而遇，应该会很快乐很惊讶才对，结果只是礼节性的互相问候而已。事实上他们从未有过不在一起五分钟以上而不想着对方的，因此他们不可能近期从未碰面，他们是不会轻易和对方隔开距离的。

吃晚餐的时候，他们每次交谈时，态度既活泼又温和，就像普通的男性和女性朋友那样谈话，彬彬有礼，极为自然得体，根本就不像情侣之间的亲密谈话。他们看起来就像传奇故事里生活在人类当中乔装打扮的仙子，或是像两个天使，活泼喜乐，互相友爱，但同时又互相敬重礼让，不失其高贵出身和神秘血缘所带来的姿态和修养。此时，餐桌上的鸢尾花和玫瑰花微微散发出一股懒洋洋的香味，然后变得越来越强烈，竟然与奥诺雷和弗朗索瓦丝身上散发的香水味道交织在一起，弥漫在整个房间里，有好一会儿，他感觉到全身被强烈的香气所包围，大大超出了他平常使用的香水散发的香味，甚至超越了太阳照射下的天芥菜或是雨中的紫丁香散发的强烈香味。在这样的场合，他们深觉不宜。

因此，他们之间的亲密关系本来已经不是什么秘密，此时反而更增加了一层神秘性，但每个人还是很想刺探其中的奥妙，只是不得其法门，好比一个恋爱中的女人戴着一个神秘的手镯，上面刻着没有人看懂的字母，代表着某个和她生死与共的男人的名字，在许多好奇的人看来是永远无法理解的。

"我将会爱她多久？"奥诺雷自言自语，说着就站了起来。他想到在激情产生时，他认为这激情永垂不朽，会持续到永远，事实上每次都持续很短时间，一想到这个现象的确定性，他的心头就忍不住蒙上一层阴影。

他回想以前有一天早上在教堂望弥撒时，神父念着福音书说："耶稣伸出手对他们说：这个人是我的兄弟，她是我的母亲，他们全都是我的家人。"他有一次也对着上帝献出他的灵魂，颤抖着，高高在上，有棕榈树那么高，他祈祷着："我的上帝！我的上帝！请赐我恩典，让我永远爱她，我的上帝，这是我向您要求的唯一恩典，只有您能做到让我永远爱她！"

现在，在这样的时刻里，在身处本能的状态之下，我们的灵魂消失在正在消化的胃后面，皮肤正沉浸在最近圣水的洗涤和轻薄衣物的愉悦里，嘴巴正在吸着烟，眼睛正观赏着那些女士的赤裸肩膀，还有美丽的灯光。他心中不断轻声反复念着他的祝祷词，他还真担心会真的出现奇迹，扰乱了他心中坚信不疑的无常易变的心理学法则，其不可摧毁，正如同物理学上重力原理和人不免一死这个法则。

她看到他的眼睛充满着忧虑，就站起来走到他身旁，他并没注意到，好像两个人和其他人隔得很远似的，她感觉他好像在问她话，就用一种慢吞吞的好似小孩在哭的好笑口吻问道：

"什么？"

他笑了起来，跟她说道：

"不要说话，要不然我要吻你，你听好，在众人面前把你抱起来吻！"

她起先笑笑，然后故意装出不高兴的样子，借此取悦他，她说：

"好，好，很好，你一点都没把我放在心上！"

他看着她，笑了笑，然后说：

"你真会说谎！"他接着又温和地说，"你真坏！真是坏！"

她离开他去跟别人说话，这时奥诺雷心想："当我的心已不在她身上时，我还是要对她很温柔很体贴，免得她察觉出来。她现在还不知道她在我心中的位置已经被取代了，我绝对要小心翼翼，不能让她知道，我要和过去一样对她温柔体贴，就像今晚，要装作和她在一起仍然很快乐的样子。"（他这样想着，目光飘向阿莱里奥弗尔公主那边。）他想着弗朗索瓦丝，他现在已经不爱她了，她可能会爱上其他男人，他不会有什么妒意，那个男人会像他过去一样，带给她温柔和快乐。虽然他现在已经不爱她，他还是很珍惜她在精神方面的魅力，他想到和她维持友谊关系，宽容和体贴的友谊，这对她而言会是一种美丽的施舍，他舍不得放弃，他的嘴唇稍稍放松，他在自言自语着。

这时，已经十点，弗朗索瓦丝跟大家道晚安，然后就离开了。奥诺雷陪她走到马车旁边，不顾一切抱着她吻别，然后又回到大厅里。

三个小时之后，奥诺雷和比弗尔先生一起步行离开，今晚大家庆祝的就是比弗尔先生刚从东京回来。奥诺雷跟他问起阿莱里奥弗尔公主的事情，她刚守寡不久，几乎就在他开始和弗朗索瓦丝在一起时。她很漂亮，比弗朗索瓦丝漂亮许多。他对她很感兴趣，如果能不让弗朗索瓦丝知道，和她好好谈场恋爱，他会很乐意尝试。

"大家对她所知不多，"比弗尔先生说道，"至少先前我离开时，大家对她所知不多，我这两天刚回来，还没见过什么人。"

"事实上，今天晚上大家也没透露什么。"奥诺雷说道。

"不，没什么大不了的事情。"比弗尔先生回答道。两个人不觉来到了奥诺雷家门口，看样子两个人之间的谈话就要结束，离开前，比弗尔先生又说道：

"至于谢欧娜夫人，我看你们在晚宴上的行为举止，应该很熟了，至于状况如何，我倒是一无所知，但她身上发生过什么，也许你会很想知道。"

"我完全没听过你所说的事。"奥诺雷说道。

"你还太年轻，"比弗尔回答道，"听着，就在今晚，有人愿意为她出一大笔款项，我不骗你，就是那位鼎鼎大名的弗朗索瓦·德·古弗尔二世，他说她很有个性，她拒绝了，他也不想继续下去。但是我跟你打赌，她此刻正在别的地方继续玩乐，你没注意到她那么早就离开我们？"

"据我所知，她守寡之后，一直和她的一位兄长住在一起，她不可能冒险让门房把她晚归的事传出去。"

"但是，我的小朋友，从晚上十点到凌晨一点，可以做多少事情，有谁会知道？而现在才一点，你却准备睡觉了。"

他按了一下门铃，隔一会儿门开了，比弗尔和他握手道别，他觉得自己有点僵硬。进门之后，他突然有一股疯狂冲动，想要再出去，可是楼下大门已经锁上，又没有人在楼下不耐烦地等他，而且四周一片漆黑，他又不敢吵醒门房为他开门，只得回房间睡觉。

二

我们的行为不管好坏，都是我们的天使，是致命的阴影，与我们一同行进。

——博蒙和弗莱彻

自从那晚和比弗尔先生谈过话之后，奥诺雷的生活大为改变——事实上这类事情他早已听过多次而不太理会——可那晚听比弗尔先生讲过之后，特别是他一个人深夜独处之时，越想越觉得不对劲，他第二天就迫不及待地去质问弗朗索瓦丝。她实在是太爱他了，她忍受他的冒犯和无理取闹，并一再强调，她从未背叛他，将来也不会背叛他。

他抓着她的小手，反复吟诵魏尔伦的一行诗句：

美丽的小手请为我阖上眼睛。

他听到她对他这样说"我的兄弟，我的故国，我的至爱"，她的声音好像家乡的钟声不断在他心中回荡，这时他很感动，并且相信了她，即使感觉不像以前那么快乐，至少如果这样持续下去，未来的幸福还是可以期待的。可是当他有时和她距离比较远的时候，就像现在这样，他一样可以感受到她眼睛里燃烧的欲火——他感觉昨天和今天一样，明天也将一样——有时由于别的女人的缘故，他在她面前会丧失对她肉体的欲望，他就用他还爱她的谎言来敷衍她，他倒没怀疑过她会欺骗他，但问题是，在他认识她之前，她已经不知道有多少次，像现在他们在温存一样，投在别人的怀抱里，说过多少次和对他所说的相同的话，多少次像现在这样激荡着无尽的激情，他甚至怀疑她以前对别人的激情比现在还要强烈。

他甚至打算跟她承认他欺骗了她，他这样做并不是为了报复，或是为了让她和他现在一样受苦，而只是要她说出实情，不要暗地里欺骗他。他也不想老是欺骗她，这只是为了补偿他为错误的欲望所付出的代价，更是为他自己创造出一个可以让他妒意丛生的对象，他有时就会觉得他把自己的谎言和欲望全都投注在弗朗索瓦丝身上。

有一天夜晚，他们一起在香榭丽舍大道上散步，他对她坦承他曾欺骗过她，她的脸色立刻变得惨白，他感到很惊讶，她马上无力地躺在路旁的一张椅子上，她并未生气，而且还面色温和，只是有气无力，甚至还表现出恳切和充满歉意的样子。两天后，他感觉她大概不会再理他了，他必须好好跟她悔罪，他回想这个不自觉的反应证明了她是爱他的，但他觉得还不够。如果他已经肯定了她只属于他，那么那天晚上比弗尔陪他回家时所说的那些话就不会让他那么痛苦了，不仅如此，任何旁人的流言蜚语都一样给他造成莫须有的痛苦，就像我们梦见有人要杀我们，醒后知道这只是梦，可是一想还是会觉得痛苦，就像截了肢的人会因为少了一只脚而痛苦终生一样。

他想努力扫除这一切，却无济于事，比如他白天骑马或骑脚踏车或练武之后，觉得很累，遇到了弗朗索瓦丝，他们一起前往她家里，晚上他在那里获得了各式各样的慰藉，他得到了爱的信心和心灵的平和，像蜜一般温柔，回家时全身舒畅，身上弥漫着芬芳，可是才一到家，竟感到忧心忡忡，赶快往床上一躺，希望赶快睡着，免得刚才的幸福感溜掉。他小心翼翼地躺着，希望刚刚一小时前得到的温柔香气和清新感觉可以原封不动地保留一个夜晚，一直持续到早上，像埃及王子那样，可是随后他想到了比弗尔说过的话，许多各式各样的意象立刻汇集到他脑海里，只有赶快睡着才能将之驱除。但她的形象总是在那里，他干脆坐起来不睡了，他点燃蜡烛，开始读一本书，赶快尽量让书里的句子溜进脑海里，让脑中不再有多余的空间，不要让她的意象入侵。

突然之间，他感觉房间的门开了，她进来了，现在他无法把她赶出去，他想尽力把门关上，但门还是开了，她进来之后还顺手把门关了，看样子他今晚势必要跟这个可怕的伴侣共同度过了。大势已定，一切都完了，今晚跟以前的每个夜晚一样，他一分钟都不能睡了。他现在只能求助于溴化物来助眠，他喝了三汤匙，然后感觉昏昏欲睡，但他还是忍不住又在想着她，带着惊恐和绝望，甚至恨意。他忍不住想，趁着别人还不知道他和她的亲密关系，好好打探打探她以前和男人的关系是什么样，现在是否已经完全断绝往来，努力去挖掘什么特别的事，然后躲在房间里好好欣赏研究（他记得年轻时，因为好玩，曾经在同学身上干过类似的勾当）。首先他不能惊动别人，他要先用开玩笑的口吻质问她——如果不这样，就会引发争论和愤怒！——等着明天见到她时，这样问她："你从来没有欺骗过我？"她会一如往常带着爱意这样回答："从来没有。"也许她会招供一切，当然她会先虚与委蛇一番再这么做。这会像是一场有益健康的手术，经过这手术之后，他这份爱带来的一切病痛将从此消失（病有没有好，只要晚上拿着蜡烛在镜子前照一下就知道），好像寄生病菌在啃噬一棵大树那样，只要把所有病菌都杀了，病自然就会痊愈。但是不行，她的形象还是会经常回来，并且会夹带着无法预料的打击力量骚扰他的头脑，他还无法预料这会是什么样的状况。

然而，突然之间，他还是想起了她，想起她的温柔和体贴，还有她的纯洁，也想起不久前打算在她身上施展恶作剧而觉得心里不安，这是以前只有在节庆的时候才会在学校同学身上施展的节目啊！

不久之后，他感到全身颤抖，他想起刚刚睡不着时服用的溴化物这时开始发挥作用了，他突然感觉视线开始模糊，没有梦，没有感觉，回到刚才的想法，他自言自语道："怎么，我还没有睡着？"这时他看到外面天色已经大亮，才知道事实上他已经在不知不觉的恍惚当中躺了六个钟头。

他等着先让脑袋冷静清醒过来再起床，他想用冷水洗脸，让精神振作一下，走路稳重一点，却无济于事，他担心等一下弗朗索瓦丝见到他这副狼狈丑陋的样子，心里不知作何感想。他走出家门，来到教堂，一副疲惫的样子，整个身体也颓唐无力，他希望能借此振作起来，他的一颗心灵既老又病，也希望可以痊愈，他企盼心灵可以获得平静，不要再纷扰不安。他开始向上帝祈祷，大概两个月前，他才祈祷上帝赐他恩典，让他永远爱弗朗索瓦丝。现在他一样虔诚祈祷上帝再度赐他恩典，除了能继续好好活着，不要再爱弗朗索瓦丝，至少不要爱太久，更不要永远爱她，然后想到她躺在别的男人怀里时，不会感到痛苦，因为现在最让他痛苦的，就是不在一起之后，想象她躺在别人怀里的样子。总之，他现在最大的希望就是，从此以后不必再为她感到痛苦。

他忍不住回想，有多少回他那么害怕不能永远爱弗朗索瓦丝，有多少回他都在心里铭记关于她的一切，她在他双唇上磨擦的脸颊，她的额头，她的小手，她那严肃的双眸，她身上一切令人不得不爱的迷人魅力。这些现在突然又都醒了过来，他不愿意再去想这些，不想再看到她的脸颊，她的额头，她的小手——喔，她那美丽的小手！——她那严肃的双眸，她所有令人讨厌的特点。

从这一天开始，他反而害怕跌入这样的状况，他再也不离开弗朗索瓦丝，全天候陪着她，陪她去办事看朋友，跟着她去市场购物，在商店门口等她一个钟头。他心里在想，即使这样做能防止她欺骗他，他也会放弃，因为会吓着她，然而，她根本没想那么多，反而更高兴，因为她喜欢他时时刻刻陪着她。看到她这么高兴，这倒慢慢加强了他对她的信心，可以肯定她并没有背叛他，这好比一个有幻觉的病人，有时可以通过让他的手去触摸扶手椅来治疗他的病，人们想象那把扶手椅上坐着一个幽灵，利用现实世界中与这把扶手椅无关的人去把这个幽灵赶走。奥诺雷的情况正是如此，不过是庸人自扰罢了。

奥诺雷就这样努力着，每天陪着弗朗索瓦丝东奔西跑，让自己的心灵忙个不停，借此来消除每晚不停纠缠他心灵的妒意和狐疑。他现在每个晚上都睡得很好，不再感到痛苦，即使有痛苦也很短暂，他能轻易加以平息，安安稳稳一觉到天亮。

三

我们应该把自己交给灵魂直到最后，因为有些像爱的关系那么美好、那么有魅力的事物，只能由更美好、更高层次的事物来取代。

——爱默生

谢欧娜夫人出生时叫加莱兹-奥兰德斯公主，我们在前面提到她时经常用她的原来名字弗朗索瓦丝称呼她，她的沙龙可以说是今日巴黎人气最旺的沙龙之一。她出身高贵，虽然名字平庸到经常和别人搞混，却是堂堂一个女公爵，祖先如白色孔雀、黑色天鹅、白色紫罗兰一般，是曾被囚禁的赫赫有名的王后的后裔，却愿意放弃她的一切高贵头衔，下嫁给谢欧娜先生。

谢欧娜夫人的沙龙在今年和去年都曾接待过许多客人，但是在那之前的三年之中却是关闭的，因为奥诺雷·德·汤弗尔亡故的关系。

在此之前，奥诺雷的朋友看到他常和谢欧娜在一起，气色越来越好，心情愉快，都将之视作他们最近的亲密关系带来的结果。就在奥诺雷改头换面大约两个月之后，他却在布洛涅森林大道上出了意外，他的双腿被一匹暴怒的失控的马踩断了。

意外发生在五月的第一个星期二，到星期天竟恶化为腹膜炎，他在星期一接受临终圣事，在这天晚上六点时还为此愤怒焦躁。从星期二出事那天以来到星期天晚上，只有他知道自己没救了。

星期二那天将近六点时，经过急救包扎伤口之后，他想自己好好休息一下，这时有人递过来一些名片，许多人一听到这个意外的消息之后，都急忙赶过来看他。

就在出事那天早上刚过八点不久，他独自一人徒步走在布洛涅森林的大道上面，呼吸着阳光和微风混杂在一起的空气，感到神清气爽，几位女士迎面走来，还不时以爱慕的眼光回头看看他那敏捷优美的身形，他感到有些得意，甚至觉得快乐。等他回过神时，他发现自己正夹在一群正在奔驰而来的群马之间，他并未觉得有什么异样，仍张开嘴巴贪婪地呼吸着清晨的新鲜空气，深深享受着早上生命所带来的喜悦，阳光、树的阴影、石头、天空以及从东边吹来的凉风，无一不沐浴在清晨的朝气当中，特别是大道两旁的大树，巍巍而立，像男人那样伟然矗立，也像女人睡觉时那样娇然躺卧，一动不动，微微闪着亮光。

就在这时候，他拿出怀表看时间，放慢脚步准备回头……就在那须臾之间，不幸的事情发生了，一匹马把他撞倒并踩断了他的双腿。事情发生得实在太突然了，而且就那么巧合，如果那会儿他稍微离得远一点，或是下点雨，他可能会早一点回去，或者他不低头看表，这场不幸的意外可能就不会发生了。他也许可以把这场意外看成是一场梦魇，然而它千真万确地发生了，成为他生命的一部分，无从改变，他的双腿断了，腹膜被感染了。喔，这场意外并无特别之处，他回想一个礼拜前在S医生家里吃晚餐时……大家提到了C，他也一样被一匹失控的马踩伤了，大家很好奇地问他后来的情况，S医生说："他的情况很糟。"奥诺雷很想知道C的伤势，就不停追问，S医生就用一种煞有介事、卖弄学问、略显哀伤的口吻回答："这并不单单是受伤的问题，这个问题是全面的，他的儿子们烦他，他的处境一落千丈，报纸对他的攻击更是令他无法忍受，我希望我的观察有错，但他的处境实在是糟透了。"S医生若无其事地说着这件事情，因为意外并不是发生在他身上，他的健康状况很好，思虑清楚，正如同奥诺雷当时的状况。奥诺雷知道弗朗索瓦丝越来越爱他，全世界都已能接纳他们的亲密关系，也都能面对他们的幸福和弗朗索瓦丝那令人喜爱的性格。这时医生的太太继续补充刚才她丈夫讲的故事，她用怜悯的语气讲述C的悲惨下场……大家去参加他的葬礼时都忍不住又说一遍"可怜的C，他的处境真糟"，然后大口喝下最后一口香槟，心想"他们的处境"真棒。

奥诺雷现在心里想着C的情况毕竟和他不一样，然而他此时还是整个人都淹没在自己的不幸里，就像他也会常常想到别人的不幸一样，他想到自己再也无法下床走路，再也不能像健康的人那样扎扎实实行走在土地上，再也不能在土地上经历很多事情的变化，享受许多令人愉悦的乐趣，这些乐趣就像扎根在地里，滋润着橡树和紫罗兰，让他可以在地面上昂首阔步。他又回想起那晚在医生家参加晚宴，大家谈起C时，医生曾说："在发生那场意外以及报纸对他展开攻击之前，我曾遇见过C，我当时发现他面色枯黄，双眼深陷，头发凌乱！"医生在说这话时，用他那美丽坚实的手掌掠过他那饱满红润的脸颊，还轻抚着他那修剪整齐、美观大方的小胡子，每个客人都很乐意看到他气色红润的样子，好像一个赀财丰饶的屋主对着他年轻有钱的房客，得意地笑着说他"面色枯黄"和"头发凌乱"。现在奥诺雷在镜中看到自己的样子，也正是"面色枯黄"和"头发凌乱"，他想到S医生形容C的话此时也会用在他身上，还摆出一副事不关己的冷漠态度，一想到这个，他觉得很震惊。那些来看他的人都会露出一副怜悯态度，可是等他们转身，就急急离去，好像刚刚接触到了什么危险的东西似的，然后深深庆幸自己还很健康，还可以快乐地活着。他随后想到弗朗索瓦丝，他垂下肩膀，头往下低垂着，上帝的戒律就摆在他上头，他感到无比的哀伤，他决定要放弃弗朗索瓦丝。他感觉身体受尽屈辱，被伤痛折磨得像小孩一般微弱无力，忧烦不已，他像往常一样隔着距离来看自己的生命，他觉得自己就像个小孩那样，不断怜悯自己的悲哀处境，想着眼泪不禁掉了下来。

他听到有人敲门，有人进来呈上来访者的名片，他知道这些人都是来打探他的病情，他自己也搞不清楚他这次意外造成的伤势有多严重，只是没想到会有这么多人来看他，他更惊讶地发现，来看他的这些人当中有许多他都不太认识。也许他们是来打探他的婚姻状况，或是葬礼事宜，他觉得很烦。这些名片有一大堆，满满堆放在一个大盘子上面，门房带进来时必须小心翼翼，以免掉到地上。他一张一张读着这些名片上的名字，他突然看到一张上面的名字写着"弗朗索瓦·德·古弗尔伯爵"，他应该没想到德·古弗尔先生会来打探他的病情，他已经很久没想到他了。随即他回想起那晚比弗尔先生对他说的话："有人愿意为她出一大笔钱，那个人就是弗朗索瓦·德·古弗尔先生——他说她拒绝了，她很有个性，他不想再继续下去。"他听到这些话时的痛苦感觉，如今又一一浮了上来，他自言自语道："我要是现在死了，我会很高兴。但不要死，就好好待在那里，有几年的时间，我就每天好好看着她怎样和别人相好。她现在怎么可能还会爱我？一个断了腿的残废！"他突然停下来，猛然自问："要是我死了呢？之后情况会怎么样？"

她才三十岁，也许他死后她会有一段时间仍然忠实于他，可是时间久了……如古弗尔所说，她很有个性……他忍不住大叫："我要活着，我要活着而且能够走路，她走到哪我就跟到哪，我要保持帅气，我要她爱我！"

就在这个时候，他为听到自己的呼吸声而感到害怕，他觉得他的胸腔有些疼痛，他不能顺畅地呼吸，他想深深地吸气却做不到，每一分每一秒，他可以感觉到在呼吸，却老是不太顺畅。医生来了。奥诺雷遭遇了一次轻微的神经性气喘的袭击，然后医生离去，他感到很忧伤，他希望这次医生过来发现了什么病情的变化，如果没有，那就表示有其他重大变化正在酝酿，可能他就要再见了。这时他回想起他生命中较严重的肉体疼痛，他感到很难过，那些爱他的人不会因为他疼痛的反应而责备他神经过敏。自从那天晚上和比弗尔先生谈过话之后，他有几个月时间晚上没办法好好睡觉，他会在房间里走来走去，走到早上才穿上衣服准备出门。他的兄长经常会在半夜醒来一会儿，特别是如果那个晚上出去吃晚宴吃得太丰盛，他就会整个晚上没办法入睡，他跟奥诺雷说：

"你太过于自寻烦恼，我也是，常常整个晚上无法入睡，其实，我们多少还是会睡一会儿的。"

这是事实，他喜欢自寻烦恼，在他生命的尽头，他老是听到死亡的声音，从未真正间断过，他就在不损及生命正常运作的前提下，尽量压抑这样的念头。现在他的气喘越来越严重，几乎到了没办法呼吸的地步，每次一用力呼吸胸口就痛。他感觉在我们和生命以及死亡之间的薄纱已经揭开，他在其中发现了令人惊异的东西，那就是呼吸，让人生存下去的那口气。

然后他想到谁要来安慰她，安慰她的这个人会是谁呢？他的妒意又开始因为未来不确定的事情泛滥开来，他可以趁活着时阻挠事情的发生，可如果他活不下来呢？如果他死了，她说过她要进修道院，如果没死，可能就不会。不！他绝不能被欺骗两次——是吗？——古弗尔、阿莱里奥弗尔、比弗尔、布罗伊？他都见过了这些人，他会为那激烈的背叛而咬牙切齿，但现在去想这些根本不值得，他要保持冷静。不会是一个只为了寻乐去做这件事情的男人，这个男人必须是真正爱她，为什么我不要一个寻乐的男人？我这样要求简直是疯了，但我是因为爱她，我希望她快乐，——不，不是这样，我不要别的男人过分刺激她的感官，我不要有人带给她比我更多的感官愉悦，什么都不要，只要带给她幸福就好，我要有人给她爱，而不是感官的愉悦，要是有人带给她感官的愉悦，我会妒意丛生。当然我更不要有人从她那里得到感官的愉悦，但如果真的去爱她，我就一点都不会有妒意，我要她去挑个好对象结婚，虽然这免不了也会带来哀伤。

这时他喜欢小孩的欲望又回来了，他一直很喜欢小孩，他特别喜欢像他七岁时那样的小孩，他那时每天晚上八点上床睡觉。他母亲的房间就在隔壁，母亲会在她的房间待到十一点，然后穿上衣服外出，他会恳求她在晚餐前先穿好衣服，然后吃饱饭再出去，不管去哪里，他都会觉得不开心，他必须一个人独自睡着。他们有时可能就在他家里开舞会。母亲为了取悦他，让他心里舒坦，会在八点时穿好衣服，可能穿着华贵的露肩礼服，来到他床前和他道晚安，然后前往一位女性朋友家里参加舞会，他就独自一人，虽然不高兴，但还是很平静地睡着。

现在，他把对母亲的恳求用在弗朗索瓦丝身上，他祈求她赶快准备去结婚，好让他能够安然睡着，虽带着遗憾，却能平静地永远睡着，不用担心睡着之后所发生的事情。

随着日子一天一天过去，他企图跟弗朗索瓦丝讲话，打算交代后事，弗朗索瓦丝和医生一样，认为他不会死，就以既温和又坚决的姿态要他打消这个念头。

其实，他们两人之间有什么话要讲，向来都是直来直往，没什么隐瞒，即使讲出来的事实会让对方感觉痛苦，也是在所不惜。因为他们要的是事实，在上帝面前，他们必须好好压抑各人灵魂深处的敏感，一切以事实为优先，在面对上帝之际，必须摊开事实，开诚布公。

当弗朗索瓦丝对奥诺雷说他会活下来时，他知道那的确是她心里真正的想法，他必须慢慢说服自己去相信：

"如果我会死，我死后就再也不会有妒意了，一定要等到我死后吗？只要我的身体继续活着，是的！妒意产生于身体对愉悦的要求，我会产生妒意都是因为身体的关系，令我产生妒意的，不是她的心灵，也不是她的幸福，而是她的身体。如果我的身体消散了，如果我身上物质的东西再也不存在了，就像那天晚上我的病最严重的时候，我对她身体的渴望就消失了，我特别想要她的灵魂，这时我心中的妒意就全然不见了。的确，我只要她的灵魂，按理讲，我应该不会抱持此种想法，因为我的身体还活着，甚至还会反叛，但我必须压抑我的欲望，特别是当我的手和弗朗索瓦丝的手握紧时，心中感到温暖而满足，我根本没有欲望了，妒意自然也就消失了。我会为离开她而感到忧愁，但这种忧愁以前也常降临在我身上，反而像天使一般为我带来慰藉，这种忧愁像神秘朋友那样，在我不幸的时候适时出现，让我的灵魂平静下来，让我在上帝面前感觉更为安适自在。在我心灵感觉最低沉的时刻，并不是可怕的病痛来骚扰并不断打击我灵魂的时候、身体不断被刺痛的时候，而是在我身体里面因欲望的滋生而灵魂失去作用的时候——是的，这时候我将如何自处？衰弱无力，无法抵抗，破碎的双腿毫无作用，我无法和她一起行动，只能躺在那里，完全不能动，受尽嘲弄，嘲弄我的那些人再也无惧于我，大可在我这个残废之人面前'为她支付大笔钱财'。"

星期天那天夜晚，他梦见他窒息了，胸口压着巨大的重量，他祈求上帝的恩典，但再也无力去搬开压在他身上的重量，这种无力感在他身上已经盘踞很久，他无法理解这种现象，他再也无法忍受了，他快要窒息了。突然之间，他感到无比轻松，像奇迹一般，他身上的重量完全解除了，他全身感到无比舒畅，他自言自语说道："我死了！"

这时他在看到几个过去曾压得他喘不过气来的形象在他上方慢慢升起，首先出现的是古弗尔的形象，然后是他的疑虑，他的欲望，最后是他一直在期待的弗朗索瓦丝的形象，但她却以另一种不同形式出现，像一片云，不断膨胀，不断膨胀，到最后膨胀到几乎要笼罩整个世界。他无法理解这么大的东西可以笼罩在他上方，笼罩在他这么衰弱的身体以及毫无生气的心灵上面，而他竟然可以安然无恙。其实，他知道他的身体早已粉碎，他的整个生命都已粉碎了。现在这个无以名状的东西重重地压在他身上，他终于了解，这就是他的爱。

然后他又自言自语道："破碎的生命！"他回想那天早上那

匹马把他撞倒时，他曾暗叫："我被压碎了！"他想起那天早上的散步，还有今天中午要和弗朗索瓦丝一起吃午餐。他紧接着想到他的最爱，他自言自语道："压在我身上的东西就是我的爱？如果不是，那会是什么呢？也许，是我的全部本性？是我自己？还是根本就是生命本身？"随后他又这样想："不，我要死的时候，解脱的不是我的爱，而是我对肉欲的渴望，还有我的妒意。"然后他说："我的上帝，赶快给我时间，让我了解什么是完美的爱。"

星期天晚上，医生宣布他得了腹膜炎，星期一早上将近十点的时候，他开始发高烧，并叫着要见弗朗索瓦丝，他露出急切的目光："我要你的双眼炯炯发亮，我要让你快乐，我以前从未让你快乐过……我要让你……我以前对你太坏了。"然后却突然暴怒起来，脸色发白："我知道你为什么不在，我知道你今天早上在做什么，也知道你跟谁在一起，在什么地方，那个人要我能够见到你，故意把我丢在门后，我可以看到你们，却无法扑到你们身上，因为我没有双腿，无法阻挠你们，只能眼睁睁看着你们在那里享乐。他很懂得如何让你享受乐趣，我早应该把他先杀了，然后再把你杀了，我自己再自杀，看着！我就要自杀了！"他说着，把头躺回枕头上。

中午，他接受圣事仪式，医生说他挨不过下午。他很快就全身瘫了下来，再也无法进食，不久就失去了意识。他随意躺着，已经无法言语，为了不想看到弗朗索瓦丝难过的样子，他等到快要失去意识时再好好想她，却已经对她一无所知了，知道她再也不能爱他了。

早上他还生硬地念着那些今后可能会占有她的人的名字，这时这些人的形象又回到了他的意识里，他看着一只苍蝇飞到了他的手指上方，好像要停下来却又飞走，然后又飞回来，还是没有停下来的意思。这时他又想起了弗朗索瓦·德·古弗尔这个名字，看样子这个人将会占有弗朗索瓦丝，他同时想着："那只苍蝇会不会停在床单上？不，还没。"他突然从幻想中惊醒过来："怎么？这两样事情对我来讲，没有一样会比另一样重要吗？古弗尔将占有弗朗索瓦丝，或是那只苍蝇将停在床单上？喔，弗朗索瓦丝被霸占稍为重要一些。"但是不管怎样，这两样事件即使有性质和重要程度的不同，现在对他来讲，都一样没什么区别了，他自言自语："怎么，对我来讲都一样！都令人哀伤。"他随后发现，他讲"都令人哀伤"只是出于习惯以及心情的变化，他现在的心情是真的改变了，他的嘴角泛起一丝微微的笑意。"就是这样，"他自言自语道，"这是我对弗朗索瓦丝纯洁的爱，现在已经没有妒意了，我要死了。无所谓，这还是必要的，让我在这最后关头，表现出对弗朗索瓦丝的真爱。"

然后他睁开眼睛，看到弗朗索瓦丝夹在仆人中间，还有医生和两位老年女性亲戚，他们都在他旁边不停祈祷。他现在觉得，不管是单纯的自私之爱，或是肉欲之爱，他过去都曾努力追逐并加以拥有，它是那么博大和神圣，而现在他对仆人和老亲戚以及医生的爱，并不亚于对弗朗索瓦丝的爱，他现在的爱甚至普及到所有生物身上，因此他对弗朗索瓦丝的爱和对其他人的爱已经没有两样了，他甚至已经无法单独爱她而忽略其他人，只爱她而不爱别人，这样的念头现在已经一扫而空了。

弗朗索瓦丝站在床前，流着眼泪，嘴里轻声细语念着以前对他念过的"我的故国，我的兄弟"。他根本不想听，也不想去纠正，只是笑笑，他想到他的"故国"已经不属于她，而是属于天空和大海。他不断在心中反复着"我的兄弟们"，他现在如果多看她一下，也只是出于怜悯，因为她的眼泪一直流个不停，然后他闭起眼睛不再流泪。他对她的爱并不比对医生、老亲戚或是仆人的爱更多，这是他妒意的终结。